Ivo Korytowski

Manual do Poeta

Manual do Poeta
Copyright© Editora Ciência Moderna Ltda., 2008

Todos os direitos para a língua portuguesa reservados pela EDITORA CIÊNCIA MODERNA LTDA.
De acordo com a Lei 9.610 de 19/2/1998, nenhuma parte deste livro poderá ser reproduzida, transmitida e gravada, por qualquer meio eletrônico, mecânico, por fotocópia e outros, sem a prévia autorização, por escrito, da Editora.

Editor: Paulo André P. Marques
Produção Editorial: Camila Cabete Machado
Capa: Marcio Carvalho
Diagramação: Verônica Paranhos
Assistente Editorial: Vivian Horta

Várias Marcas Registradas aparecem no decorrer deste livro. Mais do que simplesmente listar esses nomes e informar quem possui seus direitos de exploração, ou ainda imprimir os logotipos das mesmas, o editor declara estar utilizando tais nomes apenas para fins editoriais, em benefício exclusivo do dono da Marca Registrada, sem intenção de infringir as regras de sua utilização. Qualquer semelhança em nomes próprios e acontecimentos será mera coincidência.

FICHA CATALOGRÁFICA

Korytowski, Ivo

Manual do Poeta

Rio de Janeiro: Editora Ciência Moderna Ltda., 2008.

1. Composição de formas literárias, 2. Poesia, 3. Literatura brasileira.
I — Título

ISBN: 978-85-7393-724-4

CDD 808
808.1
869.9101

Editora Ciência Moderna Ltda.
R. Alice Figueiredo, 46 – Riachuelo
Rio de Janeiro, RJ – Brasil   CEP: 20.950-150
Tel: (21) 2201-6662/ Fax: (21) 2201-6896
E-mail: LCM@LCM.COM.BR
WWW.LCM.COM.BR

07/08/

SUMÁRIO

Apresentação 7

Capítulo 1 – Poesia, Poema, Verso, Estrofe 11

Capítulo 2 – Métrica 15

Capítulo 3 – Rima 29

Capítulo 4 – Ritmo ou Cadência 39

Capítulo 5 – Sonoridade 49

Capítulo 6 – Recursos de Construção 53

Capítulo 7 – Recursos Imagísticos e Outros 61

Capítulo 8 – Prosa Poética *versus* Poesia Prosaica 69

Capítulo 9 – Soneto 75

Capítulo 10 – Minimalismo: Haicai, Poetrix, Trova 81

Capítulo 11 – Balada, Ode, Elegia 87

Capítulo 12 – Poesia Popular: Repente e Cordel 93

Apêndice A: O Soneto Mais Bonito da Língua Portuguesa 103

Apêndice B: O que o Poeta é 105

Apêndice C: *Sites* de Poética & Poesia 109

Glossário 111

APRESENTAÇÃO

> Não te esqueças de mim, meu verso insano,
> Meu verso solitário,
> Minha terra, meu céu, meu vasto oceano,
> Meu templo, meu sacrário.
>
> (Cruz e Souza, "Esquecimento")

Diz o ditado popular que de médico e louco todos temos um pouco. Eu acrescentaria: de poeta, médico e louco, todos temos um pouco. Quem nunca na vida cometeu um poema (ou nunca se sentiu imbuído do espírito poético) atire a primeira pedra!

Desde tempos imemoriais o ser humano faz poesia. As primeiras obras da literatura foram criações poéticas: a *Odisséia*, a *Ilíada*, o *Mahabarata*. A poesia é algo tão natural que mesmo pessoas sem instrução formal, homens simples do povo, às vezes se revelam exímios poetas. E compõem poesia com rima, métrica e ritmo dignos de um Ph.D. em Letras. É o caso dos cordelistas do Nordeste:

Leitores trago mais uma
Criação muito engraçada
Da minha lira poética
Que sempre vive afinada
Desta vez descrevo bem
O movimento do trem
Que desce de madrugada.

(Do cordel *O trem da madrugada* de José João dos Santos, o mestre Azulão)

A poesia está por toda parte: nos recitais de poesia, em nossa MPB ("A porta do barraco era sem trinco / Mas a lua, furando o nosso zinco / Salpicava de estrelas nosso chão..."), nos repentes das feiras nordestinas, nas revistas, livros de poesia. Nos anos de chumbo, distribuída em edições mimeografadas nas filas de cinemas e barzinhos da moda. E agora a poesia invadiu a Internet, disputando espaço com assuntos mais prosaicos! E é no site Lira Nordestina que deparo com este poema de José Honório da Silva:

ONDE ESTÁ A POESIA

Poesia está nos olhos
de um casal apaixonado
na solidão dos viúvos
no herói condecorado
nas cadeiras nas calçadas
quase coisa do passado.

No versar improvisado
dos nordestinos poetas
no Cupido que se ocupa
lançando o amor em setas
nos brancos flocos de espuma
das ondas tão inquietas.

Apresentação

(...)

Ela também se encontra
no ermo que a noite trás
mas também está presente
nas camadas siderais
nos movimentos do Cosmos
e nas conjunções astrais.

(...)

Na maciez do veludo
nos passos leves da dança
na cantiga do vem-vem
no verde duma esperança
nos amplexos dos amantes
no sono duma criança.

Tem gente que acha que fazer poesia é "botar pra fora" (botar pra fora mesmo, como que num "parto") uma seqüência de frases bonitas, dividindo o texto (mais ou menos arbitrariamente) em versos, pra ficar diferente de prosa. Mas poesia não é bem isso. A poesia tem suas regras, seus macetes, suas técnicas, seus recursos. E como toda arte, envolve transpiração, além de inspiração. É o que veremos neste livro, caro leitor.

Capítulo 1

POESIA, POEMA, VERSO, ESTROFE

> Poesia
> é brincar com palavras
> como se brinca
> com bola, papagaio, pião.
>
> Só que
> bola, papagaio, pião
> de tanto brincar
> se gastam.
>
> As palavras não:
> quanto mais se brinca
> com elas
> mais novas ficam.
>
> Como a água do rio
> que é água sempre nova.
>
> Como cada dia
> que é sempre um novo dia.
>
> Vamos brincar de poesia?
>
> (José Paulo Paes, "Convite")

Dica: Assim como o advogado precisa conhecer o código penal e o médico precisa saber anatomia, o poeta precisa conhecer os recursos da escrita poética.

Uma dúvida que as pessoas têm é se existe diferença entre os termos **poesia**, **poema** e **verso**. **Poesia** é a arte poética em geral. Assim, posso dizer que **poesia** não é só dividir o texto em "versos" de forma mais ou menos arbitrária. A **poesia** tem recursos próprios pelos quais se distingue da **prosa**: *métrica, rima, ritmo, sonoridade, imagens* (metáforas etc.), *inversões*. A poesia moderna abdicou de rima e métrica. Restaram-lhe, como recursos poéticos, o ritmo, a sonoridade, as inversões, as imagens. Se abdica também disso, a poesia perde a "poeticidade" e se torna... prosaica (semelhante à prosa).

Mas por **poesia** posso designar também a arte poética de determinado poeta, povo, época: a poesia de Mario Quintana, a poesia brasileira, a poesia modernista.

Poema é uma composição poética específica: o "Poema em Linha Reta" de Fernando Pessoa, os poemas da fase inicial de Drummond. Mas não está errado empregar **poesia** no sentido de **poema**: veja esta poesia que acabei de compor.[*]

E **verso** o que é? É cada linha do poema. Por exemplo, no Capítulo 10 (MINIMALISMO: HAICAI, POETRIX, TROVA) veremos que uma *trova* tem que ser uma *quadra*, ou seja, ter **quatro versos**, assim:

Neste meu triste viver

A solidão é tamanha

Que só me resta perder

A sombra que me acompanha

(J. C. Lery Guimarães)

---

[*] "Poesia" possui ainda outros sentidos além dos aqui citados, por exemplo, "aquilo que há de elevado ou comovente nas pessoas ou nas coisas" (Dicionário *Houaiss*).

Capítulo 1 – Poesia, Poema, Verso, Estrofe **11**

Na linguagem cotidiana às vezes usamos **verso** no sentido de **poema** (o que não está errado): "Gostou deste verso que compus pra você?"

E **estrofe** o que é? É um *agrupamento de versos*.

No capítulo 9 (SONETO) veremos que "o *soneto* é um poema de 14 versos, normalmente decassílabos (dez sílabas poéticas), distribuídos em **quatro estrofes**: dois *quartetos* (estrofes de quatro versos) e dois *tercetos* (estrofes de três versos). Assim:

CÍRCULO VICIOSO

Machado de Assis

[**ESTROFE 1**]Bailando no ar, gemia inquieto vaga-lume:
— "Quem me dera que fosse aquela loura estrela,
Que arde no eterno azul, como uma eterna vela!"
Mas a estrela, fitando a lua, com ciúme:

[**ESTROFE 2**]— "Pudesse eu copiar o transparente lume,
Que, da grega coluna à gótica janela,
Contemplou, suspirosa, a fronte amada e bela!"
Mas a lua, fitando o sol, com azedume:

[**ESTROFE 3**]— "Mísera! tivesse eu aquela enorme, aquela
Claridade imortal, que toda a luz resume!"
Mas o sol, inclinando a rútila capela [=abóbada]:

[**ESTROFE 4**]— "Pesa-me esta brilhante auréola de nume [=divindade]...
Enfara-me esta azul e desmedida umbela [=dossel]...
Por que não nasci eu um simples vaga-lume?"

Conforme o número de versos, as **estrofes** se denominam:

Monóstico – estrofe com um verso.

Dístico – estrofe com dois versos.

Terceto – estrofe com três versos.

Quadra (**quarteto**) – estrofe com quatro versos.

Quintilha (**quinteto**) – estrofe com cinco versos.

Sextilha – estrofe com seis versos.

Septilha (**septena, setilha**) – estrofe com sete versos.

Oitava – estrofe com oito versos.

Nona – estrofe com nove versos.

Décima – estrofe com dez versos.

No capítulo 11 (CORDEL) veremos que na nomenclatura do cordel os **versos** são chamados de **pés** e as **estrofes**, de **versos**. Assim, para um cordelista, "verso de quatro pés" é a quadra (estrofe com quatro versos) e "verso de seis pés" é a sextilha.

Capítulo 2

MÉTRICA

Todo poema
É o último do mundo.
A tentativa extrema,
O crucial segundo.

Por fim, escrito,
Pétreo, coagulado,
As larvas do não dito
Postam-se a cada lado.

E tudo é falta.
A fonte exige a bilha
Sem fundo, e eis nos assalta
A horrenda maravilha.

(Alexei Bueno, *Moto Perpetuo*)

Dica: Se você quer se meter a construir prédios, tem que saber cálculo estrutural. Se você quer se meter a compor poesia, tem que saber contar as sílabas dos versos.

Contagem das Sílabas Poéticas

A contagem das *sílabas poéticas* não corresponde exatamente ao número de *sílabas gramaticais*. Ela segue dois grandes princípios:

1) A contagem vai até a última sílaba tônica (sílaba forte) do verso.

2) Vogais contíguas de palavras adjacentes normalmente se juntam.

Princípio 1:

Em poesia, a contagem das sílabas termina na última *sílaba tônica** do verso. Vejamos exemplos de versos decassílabos (com dez sílabas poéticas) de Augusto dos Anjos.

Se a última palavra do verso é oxítona ou monossílabo tônico,** a contagem vai até o final. Neste caso, dizemos que o verso é **agudo**:

1 2 3 4 5 6 7 8 9 10

No/ si/lên/cio/ de/ mi/nha/ pe/que/nez!/

1 2 3 4 5 6 7 8 9 10

Os/ o/lhos/ tris/tes/ que/ meu/ pai/ me/ deu/

---

* Para quem esqueceu a gramática do primário: sílaba tônica é a sílaba mais forte. Nas palavras *oxítonas* a sílaba tônica é a última: café, ali, Piauí, maracujá, futebol. Nas palavras *paroxítonas*, é a penúltima: idade, aluno, preparatório, cantoria, castelo. Nas *proparoxítonas*, a antepenúltima: sílaba, príncipe, espetáculo, romântico.

** Monossílabo é palavra com uma só sílaba: cruz, pé, pois. O monossílabo pode ser átono ou tônico, conforme tenha som fraco ou forte. Em "Tenha dó do menino", dó é um monossílabo tônico (som forte), e do é um monossílabo átono (som fraco). Em "Eles se conheceram na Sé" se é monossílabo átono e Sé, tônico.

Capítulo 2 – Métrica

1 2 3 4 5 6 7 8   9 10

Mu/co/sa/ no/jen/tí/ssi/ma/ de/ pus,/

Se a última palavra do verso é paroxítona, a contagem vai até a penúltima sílaba. Neste caso, dizemos que o verso é **grave** (ou **inteiro**):

1   2   3   4 5 6 7 8   9 10

Em/ cis/mas/ pa/to/ló/gi/cas/ in/sa/nas,

1 2 3 4 5 6   7 8 9 10

Pa/ra/ des/vir/gi/nar/ o/ la/bi/rin/to

Se a última palavra do verso é proparoxítona, a contagem vai até a antepenúltima sílaba. Neste caso, dizemos que o verso é **esdrúxulo** (realmente, é raro um verso terminar por proparoxítono):

1   2   3   4   5   6   7   8   9 10

No e/ter/no ho/ror/ das/ con/vul/sões/ ma/rí/timas

1   2   3   4 5 6 7 8 9 10

Co/mo/ que em/ su/as/ cé/lu/las/ vi/lí/ssimas,

Princípio 2:

Em poesia juntam-se em uma única sílaba a terminação vocálica átona de uma palavra e o início vocálico da palavra seguinte. Assim (desta vez, tiramos os exemplos de *Os Lusíadas*, de Camões):

> Cesse tud**o o** qu**e a** Mus**a a**ntiga canta,
>
> Qu**e o**utro valor mais alto s**e a**levanta.

A contagem das sílabas poéticas baseia-se no que ouvimos, não no que lemos. Na linguagem falada tendemos a juntar as vogais de palavras contíguas. Assim, nos dois versos acima, juntamos as vogais em negrito. Os versos são pronunciados assim:

16 Manual do Poeta

Ce-sse-tu-do-qui**a**-Mu-s**a**n-ti-ga-can-ta
Qui**ou**-tro-va-lor-mais-al-to-si**a**-le-van-ta*

A contagem das sílabas poéticas, portanto, fica assim:

1 2 3 4   5   6   7   8 9 10
Ce/sse/ tu/d**o o**/ qu**e a**/ Mu/s**a** an/ti/ga/ can/ta,

1   2   3 4   5   6 7   8   9 10
Qu**e ou**/tro/ va/lor/ mais/ al/to/ s**e a**/le/van/ta.

Observe que:

1) O **h** mudo inicial não impede a junção das vogais. Assim, em:

(Se d**e hu**mano é matar uma donzela,

as vogais em negrito se juntam como se o **h** mudo não existisse. A contagem das sílabas poéticas fica assim:

1   2   3   4   5 6 7 8   9   10
(Se/ d**e hu**/ma/no é/ ma/tar/ u/ma/ don/ze/la,

2) Se a primeira palavra for um oxítono ou monossílabo tônico, normalmente não ocorre a junção de vogais. Vejamos alguns exemplos:

Inimiga ter**ão e**sta paragem (faça a contagem de sílabas e observe como o **ão** final de "terão" não se junta com o **e** inicial de "esta").

Corr**eu ao** mar o Tejo duvidoso

---

* Para quem gosta de saber tudo nos mínimos detalhes: a junção de duas vogais iguais (Musa antiga) chama-se **crase**. A junção de vogais diferentes (**se a**levanta) chama-se **sinalefa**. E quando na junção uma das vogais deixa de ser pronunciada temos uma **elisão**. Por exemplo, no verso de Cecília Meireles "Chorando com**o u**ma criança" ocorre uma elisão da letra **o** final de "como" — a gente pronuncia o verso assim: Cho-ran-do-co-mu-ma-cri-an-ça.

Capítulo 2 – Métrica

Que **só o** puro engenho e por ciência

3) Há casos em que a junção de vogais envolve três palavras. Por exemplo, em:

Oh! Milagre claríssim**o e e**vidente,

ocorre a junção das três vogais em negrito. Vejamos a contagem das sílabas:

1 2 3 4 5 6 7 8 9 10

Oh!/ Mi/la/gre/ cla/ri/ssi/m**o e e**/vi/den/te,

Recursos da Metrificação

Para que o verso atinja o número de sílabas desejado, o poeta pode ainda se valer destes recursos, comuns na poesia clássica, mas que passaram a ser pouco utilizados com o advento do modernismo.

Sinérese - O poeta pode, se quiser, *transformar um hiato num ditongo*. Por exemplo, gramaticalmente "liliputianas" tem seis sílabas: li-li-pu-ti-**a**-nas. O **i** e o **a** em negrito formam um hiato. Mas no poema "Insânia de um Simples", Augusto dos Anjos transforma o hiato em ditongo para que o verso seja decassílabo:

1 2 3 4 5 6 7 8 9 10

Das/ or/ga/ni/za/ções/ li/li/pu/tia/nas

Diérese - A *transformação de ditongo em hiato* também é possível, embora pouco usada. Por exemplo, gramaticalmente "quotidiano" tem quatro sílabas: quo-ti-**dia**-no. O **ia** em negrito forma um ditongo. No poema "Querias Que Eu Falasse de 'Poesia'", Mario Quintana transforma o ditongo em hiato para que o verso seja dodecassílabo:

1 2 3 4 5 6 7 8 9 10 11 12

mais.../ e/ des/pre/za/sse o/ quo/ti/di/a/no a/troz.../

Manual do Poeta

Ectlipse - Elisão do som nasal final quando a palavra seguinte começa com vogal. É marcada com um apóstrofo.

C'uma [=com uma] aura popular, que honra se chama!

Crendo **co'o** [=com o] sangue só da morte indina

(Camões, *Os Lusíadas*)

Aférese, síncope e **apócope** - supressão de sons, respectivamente, no início, meio e fim da palavra:

Aférese: 'Stamos [=Estamos] em pleno mar... Doudo no espaço. (Castro Alves, "O Navio Negreiro")

Síncope:

Na minha sala três retratos pendem:

Ali Victor Hugo. — Na larga fronte

Erguidos luzem os cabelos louros,

Como **c'roa** [=coroa] soberba. Homem sublime!

O poeta de Deus e amores puros!

(Álvares de Azevedo, "Idéias Íntimas")

Apócope: Artista — corta o **mármor** [=mármore] de Carrara; (Castro Alves, "Vozes d'África")

Classificação dos Versos Conforme o Número de Sílabas Poéticas

Monossílabo – verso com uma sílaba poética.

Quem

não

tem

seu

bem

que

não

vem?

Ou

vem

mas

em

vão?

Quem? (Cassiano Ricardo)

Dissílabo – verso com duas sílabas poéticas.

Tu, ontem,

Na dança

Que cansa,

Voavas

Co'as faces

Em rosas

Formosas

De vivo,

Lascivo

Carmim;

(Casimiro de Abreu, "A Valsa")[*]

Trissílabo – verso com três sílabas poéticas.

Vem a aurora

Pressurosa,

---

[*] Este e vários outros poemas aqui apenas parcialmente citados podem ser encontrados na íntegra no meu blog Sopa no Mel em sopanomel.blogspot.com.

Cor-de-rosa,
Que se cora
De carmim;
A seus raios,
As estrelas,
Que eram belas,
Têm desmaios
Já por fim.

(Gonçalves Dias, "A Tempestade")

Tetrassílabo – verso com quatro sílabas poéticas.

Ontem no baile
Não me atendias!
Não me atendias,
Quando eu falava.

(Gonçalves Dias, "Pedido")

Pentassílabo (ou **redondilha menor**) – verso com cinco sílabas poéticas.

Ele era um menino
Valente e caprino
Um pequeno infante
Sadio e grimpante
Anos tinha dez
E asas nos pés
Com chumbo e bodoque
Era plic e ploc

(Vinicius de Moraes, "O Poeta Aprendiz")

Capítulo 2 – Métrica

Hexassílabo – verso com seis sílabas poéticas.

Urutau urutau
meu amor é profundo
fundo que nem dá vau;
vieste do além-mundo
saíste a me espiar?

(Adriana Montenegro, "Urutau")

Heptassílabo (ou **redondilha maior**) – verso com sete sílabas poéticas.

Em Vila Rica indagamos
Onde morava o poeta

Se plantado entre gerânios
Se disperso entre profetas

(Geraldo Reis, "Em Vila Rica do Ouro Preto")

Octossílabo – verso com oito sílabas poéticas.

Eu vi um sábio numa esfera,
os olhos postos sobre os dédalos
de um hermético palimpsesto,
tatear as letras e as hipérboles
de um antiqüíssimo alfabeto.

(Ivan Junqueira, "Palimpsesto")

Eneassílabo – verso com nove sílabas poéticas.

Cavaleiro das armas escuras,
Onde vais pelas trevas impuras
Com a espada sanguenta na mão?
Por que brilham teus olhos ardentes

E gemidos nos lábios frementes
Vertem fogo do teu coração?

(Álvares de Azevedo, "Meu Sonho")

Decassílabo – verso com dez sílabas poéticas.

Em cada porta um bem freqüente olheiro,
Que a vida do vizinho e da vizinha
Pesquisa, escuta, espreita e esquadrinha,
Para o levar à praça e ao terreiro.

(Gregório de Matos, "O Poeta Descreve o Que Era Naquele Tempo a Cidade da Bahia")

Hendecassílabo – verso com onze sílabas poéticas.

Mal deita-se o sol em seu berço de ouro,
levanta-se a lua, vestida de prata.
Faz-se hora propícia à canção-serenata
na tarde de missa, quermesse e namoro.
O pinho afinado começa o seu choro
e a linda morena vem calma, embalar
um sonho incontido de poeta a cantar
uns versos tão cheios de amor e desejo,
poema que fala do mais louco beijo
roubado ao murmúrio da beira do mar.

(Luciano Maia, "Galope à Beira-Mar")

Dodecassílabo – verso com doze sílabas poéticas.

Ser palmeira! existir num píncaro azulado,
Vendo as nuvens mais perto e as estrelas em bando;

Capítulo 2 – Métrica

Dar ao sopro do mar o seio perfumado,
Ora os leques abrindo, ora os leques fechando;

(Alberto de Oliveira, "Aspiração")

Versos com mais de doze sílabas poéticas se dizem **bárbaros**.

A **redondilha menor** é um *verso pentassílabo*, de cinco sílabas, enquanto a **redondilha maior** é um *verso heptassílabo*, de sete sílabas.

Por soarem tão naturais, as redondilhas (sobretudo a maior) são amplamente utilizadas no *cordel* (Um cabra de Lampião / Por nome Pilão Deitado / Que morreu numa trincheira / Em certo tempo passado... — José Pacheco, *A chegada de Lampião no inferno*), na *música popular* (Nosso amor que eu não esqueço / E que teve o seu começo / Numa festa de São João... — Noel Rosa, "Último Desejo") e nas *canções de roda* (Meu limão, meu limoeiro / Meu pé de jacarandá — Minha rua tem um bosque / Que se chama solidão — Atirei o pau no gato / Mas o gato não morreu).

Os poemas clássicos costumam ser **isométricos** — todos os versos contendo o mesmo número de sílabas poéticas — além de seguirem um **esquema rímico** (ver Capítulo 3, RIMA). A partir do modernismo, muitos poetas passam a compor **versos livres**, sem rimas nem regularidade métrica. O poeta Robert Frost teria dito que "escrever em verso livre é como jogar tênis sem rede".

• • •

Visto isto, vamos praticar o que aprendemos. Pegue um lápis e tente contar as sílabas poéticas do poema "Traduzir-se", de Ferreira Gullar, um poema polimétrico (formado por versos de várias medidas) com certas simetrias métricas e algumas rimas esparsas (resposta adiante):

Uma parte de mim
é todo mundo:
outra parte é ninguém:
fundo sem fundo.

Uma parte de mim
é multidão:
outra parte estranheza
e solidão.

Uma parte de mim
pesa, pondera:
outra parte
delira.

Uma parte de mim
almoça e janta:
outra parte
se espanta.

Uma parte de mim
é permanente:
outra parte
se sabe de repente.

Uma parte de mim
é só vertigem:
outra parte,
linguagem.

Traduzir uma parte
na outra parte
— que é uma questão
de vida ou morte —
será arte?

Capítulo 2 – Métrica

Contagem das sílabas poéticas de "Traduzir-se":

U/ma/ par/te/ de/ mim/ (6)
é/ to/do/ mun/do: (4)
ou/tra/ par/te é/ nin/guém:/ (6)
fun/do/ sem/ fun/do. (4)

U/ma/ par/te/ de/ mim/ (6)
é/ mul/ti/dão:/ (4)
ou/tra/ par/te es/tra/nhe/za (6)
e/ so/li/dão./ (4)

U/ma/ par/te/ de/ mim/ (6)
pe/sa/, pon/de/ra: (4)
ou/tra/ par/te (3)
de/li/ra. (2)

U/ma/ par/te/ de/ mim/ (6)
al/mo/ça e/ jan/ta: (4)
ou/tra/ par/te (3)
se es/pan/ta. (2) ·

U/ma/ par/te/ de/ mim/ (6)
é/ per/ma/nen/te: (4)
ou/tra/ par/te (3)
se/ sa/be/ de/ re/pen/te. (6)

U/ma/ par/te/ de/ mim/ (6)
é/ só/ ver/ti/gem: (4)
ou/tra/ par/te (3)
lin/gua/gem. (2)

Tra/du/zir/ u/ma/ par/te (6)
na ou/tra/ par/te (3)
— que é/ u/ma/ ques/tão/ (5)
de/ vi/da ou/ mor/te — (4)
se/rá/ ar/te? (3)

Capítulo 3

RIMA

Não rimarei a palavra sono
com a incorrespondente palavra outono.
Rimarei com a palavra carne
ou qualquer outra, que todas me convêm.

(Carlos Drummond de Andrade,
"Consideração do poema")

Dica: Evite as rimas banais, tipo rimar "amor" e "dor".

Rima você sabe o que é: é a identidade ou semelhança de sons, geralmente no fim dos versos, mas que também pode ocorrer no meio do verso (rima interna).

As rimas podem ser classificadas quanto a vários critérios: *disposição, qualidade, acentuação* e *correspondência de sons*.

Classificação das Rimas Quanto à Disposição

Rimas **alternadas**, **cruzadas** ou **entrelaçadas**: rimas em versos alternados, isto é, o primeiro verso rima com o terceiro (e os demais ímpares, se houver) e o segundo rima com o quarto (e os demais pares) (ABAB).

São cristais com clivagem os casamentos.	A
Sabemos sem restauro as alianças	B
que foram de ouro em dilatado tempo	A
e hoje são doridas dissonâncias.	B

(Rita Moutinho, "Soneto dos Desenlaces")

Rimas **opostas**, **intercaladas** ou **interpoladas**: o primeiro verso rima com o quarto e os dois versos do meio rimam entre si (ABBA).

Querias que eu falasse de "poesia" um pouco	A
mais... e desprezasse o quotidiano atroz...	B
querias... era ouvir o som da minha voz	B
e não um eco - apenas - deste mundo louco!	A

(Mário Quintana, "Querias Que Eu Falasse de 'Poesia'")

Rimas **paralelas** ou **emparelhadas**: são rimas entre pares de versos (AABB).

Neste prato tão sujo nada resta	A
a não ser a memória de uma festa	A
de ontem, ou de anteontem, ou deste dia.	B
Eu me lembro da boca: ela comia,	B

(Alphonsus de Guimaraens Filho, "Neste Prato")

Rimas **misturadas** ou **esparsas**: são rimas que não obedecem a um esquema determinado. No poema "Fui/Serei?" de Antonio Olinto, alguns versos rimam entre si, enquanto outros são "órfãos".

Eu sou Antonio; anjo, fera dem**ônio**?	A
Serei sempre o que **fui**	B
Permanência de asa imóvel	
Ou torre que sobe e **rui**?	B
Pegarei o que flui, o quase em vôo	
E já sumido, o vulto sendo névoa de uma perdida	
Apar**ência**?	C
Verei o anjo no espelho	
Cantando uma canção, um **canto**	D
Na recuperação ápice da inoc**ência**	C
O rosto incapaz	
De esp**anto**?	D
Serei fera na luta cerr**ada**	E
Pelas verdades miúdas	
Base da rude e feroz caminh**ada**?	E
Serei o demônio de um Ant**onio**	A
Para entender a imagem	F
De cada face	
E perceber o pouso do pássaro	
Na árvore despoj**ada**	E

E nua
Da última paisagem?   **F**

(Antonio Olinto, "Fui/Serei?")*

Rimas **encadeadas**: são rimas entre a palavra final de um verso e uma palavra entre o início e o meio do verso seguinte.

Quanta alta noite n'amplidão flu**tua**
Pálida a **lua** com fatal palor,
Não sabes, virgem, que eu por ti susp**iro**
E que del**iro** a suspirar de amor.

(Castro Alves, "Não Sabes")

Rimas **internas**: são rimas dentro do verso.

Fada encant**ada**, em teu re**gaço lasso**,
Viaj**ante** err**ante**, deixa-me pousar;
Lírio ou mart**írio**, abre teu **seio** a **meio**,
Estr**ela bela**, vem-me enfim guiar.

Castro Alves, "Exortação"

A rima interna entre os dois hemistíquios do verso dodecassílabo alexandrino (Capítulo 4) chama-se **rima leonina**: "Como são cheir**osas** as primeiras r**osas**!".

Classificação das Rimas Quanto à Qualidade

Rimas **pobres**: rimas entre palavras com terminações muito comuns. Por exemplo, rimar *agonia* com *sombria* ou *paladar* com *cantar*. E se as palavras rimadas forem da mesma classe gramatical (*cantar* com *brincar*) ou antônimas (*feliz* com *infeliz*), mais pobre será a rima.

---

* Do livro *50 poemas escolhidos pelo autor*, vol. 12, Editora Galo Branco.

Capítulo 3 – Rima

Entre as terminações comuns que dão rimas pobres estão:

ado (mais de 5 mil)*
ade (umas 1800)
ão (quase 5600)
ar (mais de 11600)
er (quase mil)
ir (mais de setecentas)
oso (mais de 1200)

Rimas pobres não são rimas más, imperfeitas. Você pode usá-las à vontade. Mas o bom poeta não se limita apenas às rimas pobres. Ele vai além e surpreende o leitor com rimas ricas e — quem sabe? — uma ou outra rima rara.

Rimas **ricas**: rimas entre palavras com terminações menos freqüentes, como *astronauta* com *internauta* (existem apenas dezesseis palavras com a terminação *auta*). Se as palavras forem de classes gramaticais diferentes, mais rica a rima, podendo se tornar rara ou preciosa (*internauta* com *leiauta*, do verbo "leiautar").

Rimas **raras** ou **preciosas**: rimas muito originais, difíceis de encontrar, entre palavras incomuns, de classes gramaticais bem diferentes.

Folheando ao acaso a obra do grande poeta simbolista Alphonsus de Guimaraens encontrei uma série de rimas bem interessantes, na faixa das ricas às raras: o adjetivo *tranqüila* com *ouvi-la*, o pronome *cada* com o particípio *ressuscitada*, *fê-la* com *estrela*, *entrudo* com *mudo*, *ajoelha* com *vermelha*, *admires* com *arco-íris*, *ouvires* (do verbo ouvir) com *Osíris*, *Maria* com *sorria*.

---

* Entre parênteses o número aproximado de palavras do português com a terminação, conforme pesquisa no Aurélio Eletrônico.

Classificação das Rimas Quanto à Acentuação

Rimas **agudas** ou **masculinas**: rimas entre palavras *oxítonas* ou *monossílabos tônicos*:

Cinza fetal!... Basta um fósforo **só**
Para mostrar a incógnita de **pó**,

(Augusto dos Anjos, "Mistérios de um Fósforo")

São Francisco, Santo Antônio
olhavam para **Jesus**
que explicava, noite e dia,
com sua simples presença,
a aprendizagem da **cruz**.

(Cecília Meireles, "Romanceiro da Inconfidência", Romance XII)

Rimas **graves** ou **femininas**: rimas entre palavras *paroxítonas* (observe que a maioria das rimas é deste tipo):

Ornemos nossas testas com as flores,	A
E façamos de feno um brando leito;	B
Prendamo-nos, Marília, em laço estreito,	B
Gozemos do prazer de sãos amores.	A

(Tomás Antônio Gonzaga, *Marília de Dirceu*, Lira XIV)

Rimas **esdrúxulas**: rimas entre palavras *proparoxítonas* (são raríssimas; desafio o leitor a garimpar este tipo de rima entre seus poetas prediletos). Na obra de juventude de Manuel Bandeira (sua fase simbolista, antes da eclosão do modernismo) encontrei estas rimas esdrúxulas:

Quando na grave solidão do **Atlântico**
Olhavas da amurada do navio
O mar já luminoso e já sombrio,
Lenau! Teu grande espírito **romântico**

Capítulo 3 – Rima

("A Sereia de Lenau")

Esta manhã tem a tristeza de um **crepúsculo**.
Como dói um pesar em cada pensamento!
Ah, que penosa lassidão em cada **músculo**...

("Desesperança")

Classificação das Rimas Quanto à Correspondência de Sons

Rimas **consoantes**: todos os sons, a partir da vogal ou ditongo da sílaba tônica, coincidem. Por exemplo, at**ento** com pensam**ento**, t**anto** com enc**anto** (nada impede, porém, que sons antes da vogal ou ditongo da sílaba tônica também coincidam, como em pie**dade** com i**dade** ou **missa** com sub**missa** ou re**pasto** com **pasto**).

Rimas **toantes**: só as vogais, a partir da sílaba tônica, coincidem. Por exemplo, c**álida** com l**ágrima**, p**oeta** com prof**etas**, pr**anto** com est**anho**.

Rimas **incompletas**: a coincidência de sons vocálicos não é completa. Por exemplo, b**ela** com estr**ela** (um **e** aberto e outro fechado), form**oso** com rep**ouso**, m**ais** com rap**az**, ger**ânios** com invent**amos**. Alguns puristas consideram estas rimas imperfeitas, mas na verdade elas (usadas na justa medida) dão um charme ao poema, evitando que fique "quadrado", "certinho" demais. São rimas transgressoras, por assim dizer.

Dicionários de Rimas

Alguns poetas gostam de consultar dicionários de rimas, como o *Dicionário de rimas da língua portuguesa - Brasil* de Marcelo da Silva Macedo, editado pela Ciência Moderna.[*] Existem também dicionários de rimas *on-line*, como o do autor desse dicionário em http://rimas.mmacedo.net/. Outra maneira de encontrar rimas é fazer a consulta de verbete

---

[*] Procure no *site* da Editora Ciência Moderna em www.lcm.com.br.

34 Manual do Poeta

no Aurélio Eletrônico. Só que, em vez de consultar uma palavra completa (em vez de consultar "ervanário"), você deve usar um asterisco mais a terminação desejada (*ário). O Aurélio mostrará todas as palavras com aquela terminação. O efeito é o mesmo de um dicionário de rimas! Para realizar esse tipo de pesquisa no dicionário eletrônico Houaiss, clique no ícone de pesquisa — a lupa —, preencha o campo "Terminado por:" e clique em Pesquisar. Ah, se Camões dispusesse deste recurso!

● ● ●

A poetisa juiz-forana (radicada no Rio) Maria Thereza Noronha, que segundo o Prof. Ivan Proença "se situa entre as mais importantes poetas do Brasil" (eu assino embaixo, e se quiserem podem mandar reconhecer firma em cartório), em seu poema "No Tempo em Que a Canção...",* nos oferece um festival de rimas interessantíssimas de diferentes tipos (e para dar um toque de transgressão, dois versos ficaram sem rima):

No Tempo em Que a Canção
(a Lucila Nogueira)

A música eletrônica me faz nervosa e insone
centopéia no ar gritando com cem pernas
queria envelhecer ao som do gramofone
no tempo em que a canção era abafada e terna.

O tempo onde o mocinho vencia o bandido
e a vida em preto e branco alternava mistérios
vivia-se e ninguém falava ao telefone
e o pai levava o filho a ver o trem de ferro.

Vivia-se e ninguém falava em *Microsoft*
e a vida, delicada, punha os pés na terra
queria envelhecer ao som de um *foxtrot*
no tempo em que a canção era abafada e terna.

---

* Do livro *O verso implume*, editado pela Oficina do Livro.

Observe estas rimas no poema:

rara: *insone* com *gramofone*

toante: *pernas* com *terna* e *terra* com *terna*

toante & rara: *Microsoft* com *foxtrot*

incompleta, dando um charme especial: *mistérios* com *ferro*

Uma informação final: versos sem rima se denominam **versos brancos**.

Capítulo 4

RITMO OU CADÊNCIA

> No Tratado das Grandezas do Ínfimo estava escrito:
>
> Poesia é quando a tarde está competente para Dálias.
>
> (Manoel de Barros, "Uma Didática da Invenção", IV)

Dica: Poesia é mais que escrever frases bonitinhas e dividir em versos. Assim como na mulher a beleza é fundamental (pelo menos, foi o que o Vinicius disse), em poesia o ritmo é fundamental.

Poesia não é só métrica e rima. Se fosse só isso, o livro terminaria aqui e eu estaria me despedindo de você, caro leitor. Ademais, se fosse só isso, fazer poesia modernista, compor versos livres seria fácil (aliás, tem gente que acha que é mesmo fácil, assim como tem gente que acha que pintar quadros abstratos é fácil, brincadeira de criança). A poesia (e prosa poética) se distinguem da prosa (entre outras coisas) pelo **ritmo**. Ritmo é algo que a gente "sente". O que dá ritmo ao poema são as *sílabas acentuadas* ou *ictos*. Na redondilha maior, tipo de verso que, por soar muito natural está presente no cordel, nas trovas, nas canções de roda etc., o ritmo "salta à vista":

> Cajueiro pequenino
>
> Carregadinho de flor,
>
> À sombra das tuas folhas
>
> Venho cantar meu amor,
>
> (Juvenal Galeno, "Cajueiro pequenino")

A poesia clássica obedece a certa uniformidade rítmica. Por exemplo, todos os versos de *Os Lusíadas* são decassílabos heróicos, com acento obrigatório na sexta e décima sílabas. Vamos testar?

> Põe/-me on/de/ se u/se/ **to**/da a/ fe/ri/**da**/de,
>
> En/tre/ le/ões/ e/ **ti**/gres,/ e/ ve/**rei**/
>
> Se/ ne/les/ a/char/ **pos**/so a/ pi/e/**da**/de
>
> Que en/tre/ pei/tos/ hu/**ma**/nos/ não/ a/**chei**./

Em poemas mais modernos não há a mesma uniformidade, mas isso não significa uma assimetria total. Determinados versos compartilharão certo ritmo, outro conjunto de versos seguirá outro ritmo, alguns versos terão um ritmo individual. A poesia não pode abdicar do ritmo.

Capítulo 4 – Ritmo ou Cadência   **39**

Mas até agora não dei a você o "pulo do gato". Tudo bem que o ritmo a gente "sente", ele é "agradável ao ouvido", mas podemos confiar no ouvido? Não existe uma maneira mais "técnica", "matemática" de medir, de avaliar o ritmo de um verso — de saber se existe um verso de "pé quebrado", uma falha no ritmo? A boa notícia é que existe, sim. É o método dos números distributivos (ND) e números representativos (NR). Este método foi criado por Manuel Cavalcanti Proença e exposto em seu livro de 1955 *Ritmo e poesia*, hoje uma obra rara. Nos seis anos em que freqüentei a oficina literária de Ivan Cavalcanti Proença tive a oportunidade (e privilégio) de aprender esse método.[*]

Números Distributivos (ND) e
Números Representativos (NR)

Os **números distributivos** correspondem às *sílabas acentuadas* (também chamadas de *sílabas tônicas, acentos tônicos, acentos* ou *ictos*) do verso; os **números representativos** correspondem aos intervalos entre os ictos. Vejamos como funcionam num poema em redondilha menor, a "Canção do Tamoio" de Gonçalves Dias:

> Não chores, meu filho;
>
> Não chores, que a vida
>
> É luta renhida:
>
> Viver é lutar.

Vamos agora separar as sílabas e marcar os ictos (pegue um lápis e tente, antes de olhar a resposta abaixo):

> Não/ **cho**/res,/ meu/ **fi**/lho;
>
> Não/ **cho**/res,/ que a/ **vi**/da
>
> É/ **lu**/ta/ re/**nhi**/da:
>
> Vi/**ver**/ é/ lu/**tar**./

---

[*] Um estudo detalhado do método (*O sexo do verso: machismo e feminismo na regra da poesia* de Glauco Mattoso) está disponível na Internet em http://normattoso.sites.uol.com.br/.

Manual do Poeta

O poema segue um esquema rítmico uniforme, com ictos na 2ª e 5ª sílaba de cada verso. Os **números distributivos** dos quatro versos são:

	ND
Não/ **cho**/res,/ meu/ **fi**/lho;	2-5
Não/ **cho**/res,/ que a/ **vi**/da	2-5
É/ **lu**/ta/ re/**nhi**/da:	2-5
Vi/**ver**/ é/ lu/**tar**./	2-5

Os **números representativos** são os intervalos entre ou ictos. Até o primeiro icto (ND = 2) temos duas sílabas poéticas. Do primeiro ao segundo icto, três. Portanto:

	ND	NR
Não/ **cho**/res,/ meu/ **fi**/lho;	2-5	2,3
Não/ **cho**/res,/ que a/ **vi**/da	2-5	2,3
É/ **lu**/ta/ re/**nhi**/da:	2-5	2,3
Vi/**ver**/ é/ lu/**tar**./	2-5	2,3

Agora vamos ao pulo do gato: vamos ver como detectar um verso de pé quebrado, um verso ritmicamente defeituoso. É simples: o verso não pode conter intervalos (NRs) longos demais (superiores a quatro). Nos versos curtinhos não existe esta possibilidade: o risco é zero. Por isso, do ponto de vista rítmico, é bem mais fácil compor poemas de versos curtos. Mas a partir dos versos de seis sílabas poéticas, é preciso abrir o olho.

O intervalo também não pode ser curto demais, não pode ser igual a um, exceto o primeiro intervalo do verso, como nestes versos do poema "Memória", do Drummond:

	ND	NR
Este coração.	1-5	1,4
Nada pode o olvido	1-3-5	1,2,2
Contra o sem sentido	1-3-5	1,2,2

Capítulo 4 – Ritmo ou Cadência   **41**

"Confidência", da poetisa campista (radicada no Rio) contemporânea Amélia Alves,* utiliza versos livres. Primeiro, leia-o e verifique (de "ouvido") se o ritmo está "redondo". Depois desafio você a encontrar os NDs e NRs (com um lápis, faça a divisão silábica e sublinhe as sílabas acentuadas — os ictos):

CONFIDÊNCIA

    A Drummond

	ND	NR
Sou de Campos.	——	——
Por isso sou áspera	——	——
Como a textura	——	——
Da folha da cana.	——	——
Nasci em Campos.	——	——
Por isso sou plana	——	——
tal a plenitude	——	——
da planície.	——	——
Sou planície.	——	——
Por isso sou fluida	——	——
como o melado	——	——
escorrido entre ferros	——	——
e mãos encardidas de sol	——	——
e escravidão.	——	——

---

* Amélia Alves, poetisa e educadora nascida em Campos dos Goytacazes, publicou dois livros: *Vácuo e paisagem*, no final dos anos 70, e, bem mais recentemente, *Atrás das borboletas azuis* (Oficina do Livro, 2005). O poema "Confidência", inédito em livro, foi gentilmente cedido pela autora.

Manual do Poeta

Sou moenda. ⸺ ⸺

Por isso sou seca ⸺ ⸺

como o bagaço

largado pelos currais. ⸺ ⸺

Sou dos Campos dos Goytacazes. ⸺ ⸺

Por isso quero beira de rio — Paraíba, ⸺ ⸺

e vento nordeste ⸺ ⸺

assanhando a cabeleira ⸺ ⸺

dos canaviais. ⸺ ⸺

Solução:

	ND	NR
Sou/ de/ **Cam**/pos.	1-3	1,2
Po/**r i**/sso/ sou/ **ás**/pera	2-5	2,3
Co/mo a/ tex/**tu**/ra	1-4	1,3
Da/ **fo**/lha/ da/ **ca**/na.	2-5	2,3
Nas/**ci**/ em/ **Cam**/pos.	2-4	2,2
Po/**r i**/sso/ sou/ **pla**/na	2-5	2,3
tal/ a/ ple/ni/**tu**/de	1-5	1,4
da/ pla/**ní**/cie.	3	3
Sou/ pla/**ní**/cie.	1-3	1,2
Po/**r i**/sso/ sou/ **flui**/da	2-5	2,3
co/mo o/ me/**la**/do	1-4	1,3
es/co/**rri**/do en/tre/ **fe**/rros	3-6	3,3
e/ **mãos**/ en/car/**di**/das/ de/ **sol**/	2-5-8	2,3,3

Capítulo 4 – Ritmo ou Cadência   43

e es/cra/vi/**dão**/.   4   4

Sou/ mo/**en**/da.   1-3   1,2
Po/**r** i/sso/ sou/ **se**/ca   2-5   2,3
co/mo o/ ba/**ga**/ço   1-4   1,3
lar/**ga**/do/ **pe**/los/ cu/**rrais**./   2-4-7   2,2,3

Sou/ dos/ **Cam**/pos/ dos/ **Goy**/ta/**ca**/zes.   3-6-8   3,3,2
Po/**r** i/sso/ **que**/ro/ **bei**/ra/ de/ **rio**/
    — Pa/ra/**í**/ba,   2-4-6-9-12   2,2,2,3,3
e/ **ven**/to/ nor/**des**/te   2-5   2,3
a/ssa/**nhan**/do a/ ca/be/**lei**/ra   3-7   3,4
dos/ ca/**na**/vi/**ais**./   3-5   3,2

Observe que, embora o ritmo não seja homogêneo, simétrico, tampouco é totalmente assimétrico. Alguns NRs se repetem, por exemplo, o NR 2,3 se repete seis vezes e os NRs 1,2 e 1,3 se repetem três vezes cada. Podemos dizer que o ritmo é **dissimétrico**.

> **Dica:** Quanto mais longo o verso, mais difícil sustentar o ritmo. Por isso, poeta com P maiúsculo não se limita a compor poemas de versos curtos.

Esquemas Rítmicos da Poesia Clássica

Verso decassílabo heróico: é o verso de dez sílabas com acentos obrigatórios nas posições 6 e 10. O **heróico puro** possui um acento adicional na posição 2 (portanto, NR = 2,4,4).

O "Soneto a Amélia e Emília" de Glauco Mattoso usa exclusivamente versos heróicos puros:

Amélia era mulher, das de verdade:

44 Manual do Poeta

estóica, seu rapaz jamais traíra.
Escrava do malandro e até do tira,
não tinha, na canção, qualquer vaidade.

Analisando o primeiro verso:

										ND	NR

1 2   3 4 5 6   7 8 9 10

A/**mé**/lia e/ra/ mu/**lher**,/ das/ de/ ver/**da**/de: 2-6-10   2,4,4

Já o **decassílabo heróico impuro** possui um acento adicional na posição 4 (portanto, NR = 4,2,4). Assim:

ND   NR

1 2   3   4   5 6 7   8   9 10

A/ma/ teu/ **lar**,/ teus/ **fi**/lhos,/ teu/ ma/**ri**/do,   4-6-10   4,2,4

(Galba de Paiva, "Maria-Gilma")

Todos os 8816 versos de *Os Lusíadas* são decassílabos heróicos.

No Capítulo 12, sobre poesia popular, veremos uma variante do decassílabo heróico, o **martelo agalopado**.

Verso decassílabo sáfico: verso de dez sílabas com acentos obrigatórios nas sílabas poéticas 4, 8 e 10 (logo, NR 4,4,2).

ND   NR

1   2 3   4 5 6 7 8 9   10

Em/ ró/seo/ **di**/a/ de/ ri/**den**/te/ **mês**./   4-8-10   4,4,2

(Benedita de Melo, "A Tristeza Maior")

Verso dodecassílabo alexandrino: verso de doze sílabas poéticas com ictos obrigatórios nas posições 6 e 12. Ou seja, é como se tivesse

Capítulo 4 – Ritmo ou Cadência

um "corte" — a chamada **cesura** — no meio, dividindo-o em dois hexassílabos, os **hemistíquios**.

O nome se deve a Alexandre du Bernay ou ao seu poema, "Le Roman d'Alexandre", sobre Alexandre Magno.

Certa vez, disseram a Castilho: "Se o verso alexandrino se compõe de dois versos de seis sílabas, então não é preciso fazer alexandrinos; basta fazer versos de seis sílabas". Ao que Castilho respondeu: "É verdade, mas o alexandrino tem mais imponência, mais brilho. Assim, quando temos muita sede, preferimos beber um só copo grande de água a beber dois pequenos."

Vejamos um trecho do poema de Olavo Bilac "O Caçador de Esmeraldas" em que ocorrem versos alexandrinos:

> Nesse louco vagar, nessa marcha perdida,
>
> Tu foste, como o sol, uma fonte de vida:
>
> Cada passada tua era um caminho aberto!
>
> Cada pouso mudado, uma nova conquista!

Analisando o primeiro verso:

ND/NR

1	2	3	4	5	6	7	8	9	10	11	12	
Ne/sse/	**lou**/co/	va/**gar**,/	ne/ssa/	**mar**/cha/	per/**di**/da							3-6-9-12

3,3,3,3

Curiosamente, o nome completo de Olavo Bilac constituía um verso alexandrino: Olavo Brás Martins dos Guimarães Bilac. Isso é que é predestinação poética!

Uma variante para os versos dodecassílabos (denominada **trímetro peônico**) acentua a 4ª, 8ª e 12ª sílaba, eliminando assim a cesura e a divisão em hemistíquios. Este verso de "O Crepúsculo dos Deuses" de Olavo Bilac emprega tal variante:

1 2 3 4 5 6 7 8 9 10 11 12

Os/ deu/ses/ **ru**/gem./ En/tre in/**cên**/dios/ de ou/ro e/ **ge**/mas,

ND = 4-8-12

NR = 4,4,4

Capítulo 5

SONORIDADE

Eu canto porque o instante existe
e a minha vida está completa.
Não sou alegre nem sou triste:
sou poeta.

(Cecília Meireles, "Motivo")

Dica: Cuidado: o que é sonoridade na poesia pode virar vício de linguagem na prosa.

Outra característica da poesia (e prosa poética) é a **sonoridade**. Entre os elementos que dão sonoridade ao poema estão as próprias palavras (certas palavras possuem uma sonoridade especial)*, o ritmo (Capítulo 4), as rimas internas e entre versos (Capítulo 3) e recursos especificamente sonoros como a **aliteração, coliteração e assonância**.

Recursos Especificamente Sonoros

Aliteração - Repetição da consoante inicial em palavras adjacentes ou próximas:

> Lua nua, lua leve, lua livre.
> [...]
> Lua leveza levando alhures
> Luz, magia e beleza.
>
> (Vera Tavares, "Liberdade")

> Vozes veladas, veludosas vozes,
> Volúpias de violões, vozes veladas,
> Vagam nos velhos vórtices velozes
> Dos ventos, vivas, vãs, vulcanizadas.
>
> (Cruz e Souza, "Violões que Choram...")

---

* Em crônica publicada no *Jornal do Brasil* de 1/7/95, escreveu Luis Fernando Verissimo: Certas palavras dão a impressão de que voam ao sair da boca. "Sílfide", por exemplo. Diga "sílfide" e fique vendo suas evoluções no ar, como as de uma borboleta. Não tem nada a ver com o que a palavra significa. "Dirigível" não voa, "aeroplano" não voa e "bumerangue" mal sai da boca. "Sílfide é o feminino de "silfo", o espírito do ar, e quer dizer a mesma coisa diáfana, leve e borboleteante.

Capítulo 5 – Sonoridade

Assonância ou vocalização - Repetição de sons vocálicos.

Praguejando zanga zangada
proteção de reza no corpo
astúcia armadilha de santo (Mirian de Carvalho, "2001 Laroyê
Peneira de Palha")

As mãos do mar vêm e vão,
as mãos do mar pela areia
onde os peixes estão. (Cecília Meireles, "Pescaria")

no lago há longos anos habitado
[...]
jardim apenas, pétalas, presságio. (Carlos Drummond de Andrade, "Jardim")

Coliteração - Repetição de consoante (não necessariamente inicial) em palavras adjacentes ou próximas (a repetição só da consoante inicial é a **aliteração**):

No mar o amor emerge entre destroços

(Lucia Aizim, "Marinha")

Eu sou uma aranha
teço reteço transteço
o abismo sem parar.

(Lucia Aizim, "Trama")

Pássaros e pipas
alinham poemas
na ponta dos bicos

(Léa Madureira, "Imaginário")

• • •

Estas estrofes iniciais do poema "Menino Arrieiro", do *Cancioneiro romeno* Stella Leonardos, constituem um belo exemplo de sonoridade em poesia:

Por uma antiga vereda
que envereda em bosque verde
vem vindo o menino arrieiro:

— Minha lua, luazinha,
luz um pouco esse teu luar,
luz uma luz pequenina,
luz capaz de me enluarar!

Capítulo 6

RECURSOS DE CONSTRUÇÃO

Sei de tijolos difíceis de se unir
sei como as mãos se calejam com a enxada
e como a vida prepara vergalhões e pés descalços
sobre cisternas vazias.

(Igor Fagundes, "Construção")

Dica: A dica que dei aos prosadores no meu livro *A arte da escrita* vale também para os poetas: Utilize uma sintaxe rica e variada.

A seguir, uma lista em ordem alfabética de recursos de construção em poesia:

Anadiplose - Repetição da última palavra de um verso no início do verso seguinte:

> Livre leve lúcido — **sonhar.**
> **Sonhar** que é lírio-do-campo. (Vera Tavares, "Dádiva")

Anáfora - Repetição de uma ou mais palavras no inicio de versos:

> **Água de** fonte... água de oceano... água de pranto...
> **Água de** rio...
> **Água de** chuva, água cantante das lavadas...
> Têm para mim, todas, consolos de acalanto,
> A que sorrio...
>
> **A que sorri** a minha cínica descrença.
> **A que sorri** o meu opróbrio de viver.
> **A que sorri** o mais profundo desencanto.

(Manuel Bandeira, "Murmúrio d'Água")

Enjambement (**cavalgamento, encadeamento**) - Consiste em separar duas palavras estreitamente unidas no plano lógico, colocando uma no final do verso e a outra no início do verso seguinte. Quando os versos são de estrofes diferentes, temos o *enjambement* estrófico.

O soneto "Jardim" de Carlos Drummond de Andrade oferece dois exemplos de *enjambement,* um deles estrófico:

> Negro jardim onde violas soam
> e o mal da vida em ecos se dispersa:

Capítulo 6 – Recursos de Construção 53

à toa uma canção envolve os ramos,
como a estátua indecisa **se reflete**

no lago há longos anos **habitado**
por peixes, não, matéria putrescível,
mas por pálidas contas de colares
que alguém vai desatando, olhos vazados

[...]

Epístrofe – Repetição da mesma palavra no fim de versos.

Não sou **nada**
Nunca serei **nada**
Não posso querer ser **nada** (Fernando Pessoa, "Tabacaria")

Um homem vai **devagar.**
Um cachorro vai **devagar.**
Um burro vai **devagar.** (Carlos Drummond de Andrade, "Cidadezinha Qualquer")

Epizeuxe – Repetição seguida da mesma palavra.

Teus olhos são **negros, negros,**
Como as noites sem luar...
São ardentes, são profundos,
Como o negrume do mar; (Castro Alves, "Teus Olhos")

Precisamos, precisamos esquecer o Brasil! (Carlos Drummond de Andrade, "Hino Nacional")

Inversão (anástrofe, hipérbato e **sínquise)** - A inversão da ordem "normal", "natural" dos elementos da frase é um recurso fundamental da linguagem poética. Um poema sem inversões pode soar prosaico (=semelhante à prosa). A **anástrofe** é uma inversão moderada; o **hipérbato,** uma inversão mais acentuada; a **sínquise,** uma inversão exagerada. Um bom exemplo de inversão é o início do Hino Nacional Brasilei-

Manual do Poeta

ro, de Joaquim Osório Duque Estrada. Tente colocar na ordem normal (resposta no rodapé):

> Ouviram do Ipiranga às margens plácidas
> De um povo heróico o brado retumbante,*

Aqui alguns exemplos de inversões moderadas encontradas em poemas contemporâneos:

Ao âmbito, ao ventre da família / esta estrada de Minas me conduz (Maria Thereza Noronha, "Família"). A ordem natural seria: Esta estrada de Minas conduz-me ao âmbito, ao ventre da família (sujeito + verbo + complementos).

de branco pintei o espaço atrás do vidro (Marilia Amaral, poema sem título). Ordem natural: pintei de branco o espaço atrás do vidro.

De preto o padre benze o paciente (Isabel Corsetti, "Pantomima em Branco"). Ordem normal: O padre de preto benze o paciente.

Paralelismo – Enquanto a anáfora é a repetição do início do verso, o paralelismo é a repetição do verso inteiro ou da sua estrutura sintática. No poema "Cantiga de Amigo", Francisco Igreja, o idealizador dos cadernos de poesia Oficina, lança mão de vários paralelismos. Desafio o leitor a localizá-los (respostas no rodapé).

1   vamos rever o lago um bocado
2   no alto dos montes o lago, amado
3   no lago, amigo

4   dos montes no alto, o lago contido
5   onde a saudade está escondida
6   no lago, amigo

---

* Ouviram o brado retumbante de um povo heróico às margens plácidas do Ipiranga. Você poderá perguntar: mas quem é o sujeito de "ouviram"? Sujeito indeterminado!

Capítulo 6 – Recursos de Construção

7 no alto dos montes o lago, amado
8 onde foi a saudade encerrada
9 no lago, amigo

10 onde a saudade está escondida
11 te quero rever refletido
12 no lago, amigo

13 onde foi a saudade encerrada
14 te quero abraçar apertado
15 no lago, amigo

16 o lago rever, venha comigo
17 dos montes no alto, o lago contido
18 no lago, amigo*

No poema "José", de Carlos Drummond de Andrade, existe um paralelismo sintático entre os versos 2 a 5, 6 e 7, 13 a 15, 16 e 17, 20 a 22, 24 a 26. Um festival de paralelismos!

1 E agora, José?

2 A festa acabou,

3 a luz apagou,

4 o povo sumiu,

5 a noite esfriou,

6 e agora, José?

7 e agora, você?

8 você que é sem nome,

9 que zomba dos outros,

10 você que faz versos,

---

* Paralelismos semânticos (repetição total do verso): entre os últimos versos de cada estrofe; entre os versos 4 e 17; entre os versos 2 e 7; entre os versos 5 e 10; entre os versos 8 e 13. Paralelismos sintáticos (repetição da estrutura sintática): entre o verso 11 (**te quero rever refletido**) e 14 (**te quero abraçar apertado**).

56   Manual do Poeta

11 que ama, protesta?

12 e agora, José?

13 Está sem mulher,

14 está sem discurso,

15 está sem carinho,

16 já não pode beber,

17 já não pode fumar,

18 cuspir já não pode,

19 a noite esfriou,

20 o dia não veio,

21 o bonde não veio,

22 o riso não veio

23 não veio a utopia

24 e tudo acabou

25 e tudo fugiu

26 e tudo mofou,

27 e agora, José? [...]

Polissíndeto - Repetição reiterada da conjunção. A *Bíblia* é rica em polissíndetos: "E Deus chamou à luz dia, **e** às trevas noite. E foi a tarde **e** a manhã, o dia primeiro. E disse Deus: haja um firmamento no meio das águas, **e** haja separação entre águas e águas."

Trabalha **e** teima, **e** lima , **e** sofre, **e** sua! (Olavo Bilac, "A Um Poeta")

E a erva cresce. **E** a água corre. **E** o mundo recomeça como uma palavra interrompida. **E** as nuvens caem do céu **e** rastejam pelo caminho danificado pelas chuvas de janeiro.

(Ledo Ivo, "A Coruja Branca")

Capítulo 6 – Recursos de Construção

Zeugma simples e zeugma retórica - Omissão de uma palavra que já apareceu antes:

Nosso céu tem mais estrelas,

Nossas várzeas têm mais flores,

Nossos bosques têm mais vida,

Nossa vida mais amores.

(Gonçalves Dias, "Canção do Exílio" — omitiu-se o verbo "ter" do último verso)

A zeugma se torna interessante quando empregada com fins estilísticos, a chamada **zeugma retórica**, em que o verbo se aplica a dois (ou mais) objetos de natureza diversa, geralmente um mais concreto e outro mais psicológico ou abstrato.

Retenho sombras e receios nas pontas de dedos. (Amélia Alves, "Sobressalto")

Capítulo 7

RECURSOS IMAGÍSTICOS E OUTROS

> num olho reflete-se
> o sol nascente
>
> no outro
> o poente
>
> olhos de artista
> nervos de equilibrista
>
> (Wanda Lins, "Equilíbrio")

Dica: Também em poesia, imagem é tudo!

Poesia mexe com a imaginação. Daí a importância da imagística, do jogo de imagens mentais. Por isso, o texto literário, mais ainda o texto poético, não deve ser interpretado literalmente. Quando o poeta diz:

Se tempo sobrar, ainda tento
lapidar
a pedra bruta
do poema. (Maria Thereza Noronha, "Janeiro")

não está dizendo que o poema *é* uma "matéria mineral dura e sólida, da natureza das rochas". Trata-se de uma **metáfora**, um dos recursos do arsenal de figuras de linguagem com que o poeta (e também o prosador)* pode contar. Segue-se uma lista em ordem alfabética desses recursos:

Antítese - Contraposição de palavras ou idéias opostas.

Sempre o mistério do **fundo** tão certo como o sono de mistério da **superfície**. (Fernando Pessoa, "Tabacaria")

Vivo — que vaga sobre o chão da **morte**,
Morto — entre os **vivos** a vagar na terra. (Castro Alves, "Mocidade e Morte"

É necessário ter provado do **fel**
Para distinguir doçura no **mel**

(Maria Célis Rodrigues, "Requisitos")

---

* A aplicação dessas figuras de linguagem à literatura em prosa consta do meu livro *A arte da escrita*, editado também pela Ciência Moderna.

Capítulo 7 – Recursos Imagísticos e Outros

Enumeração - Lista de elementos separados por vírgulas.

> Tesouros, segredos, perdidos medos,
> fogueiras e balões
> sanfonas e cantos de viola
> aguardente com limão
> água de cheiro, roupas de algodão
> peixe na pedra, farinha e pirão. (Isabel Corsetti, "Marinha 2")

Gradação - Apresentação das idéias em progressão ascendente ou descendente.

> **Correi, subi, voai** num turbilhão fantástico
> por entre as saudações
> da turba que festeja o semideus elástico
> nas grandes ascensões (Guilherme de Azevedo, "Os Palhaços")

Harmonia imitativa - Harmonia entre a sonoridade do texto e o que está sendo descrito. Dois exemplos clássicos de harmonia imitativa são o poema "Noite de São João", de Jorge de Lima, que imita o som das bombinhas, e o poema "Sino de Belém" de Manuel Bandeira, que imita o som dos sinos.

> Sino de Belém, pelos que inda vêm!
> Sino de Belém bate bem-bem-bem.
>
> Sino da Paixão, pelos que lá vão!
> Sino da Paixão bate bão-bão-bão. (Manuel Bandeira, "Sino de Belém")

> Vamos ver quem é que sabe
> Soltar fogos de São João?
> Foguetes, bombas, chuvinhas,
> Chios, chuveiros, chiando,

chiando

chovendo

chuvas de fogo!

Chá-Bum! (Jorge de Lima, "Noite de São João")

Metáfora - A metáfora é o emprego das palavras no sentido não-literal, figurado. Por exemplo, quando Castro Alves diz que a alma é um "cisne de douradas plumas", não está dizendo que a alma seja literalmente uma ave anseriforme, anatídea, do gênero *Cygnus*. Está apenas fazendo uma comparação implícita. A comparação explícita correspondente, o **símile** (ver), seria: a alma é *como* um cisne de douradas plumas.

Morrer... quando este mundo é um paraíso,

E **a alma um cisne de douradas plumas:**

[...]

Minh'alma é a borboleta, que espaneja

O pó das asas lúcidas, douradas...

(Castro Alves, "Mocidade e Morte")

Na poesia contemporânea, sobretudo a poesia jovem, existe uma tendência hipermetafórica: o poema é pura metáfora, nada ali é literal (embora não se trate de alegoria). Esse cultivo da "metáfora pela metáfora", de tão prevalente entre poetas jovens, eu diria que constitui um novo "estilo de época" pós-modernista. Vejamos exemplos:

Dividias os gomos da fruta

em aposentos da casa.

A cortina do sumo

leveda o sol levantado.

O zodíaco do molde

supre o gérmen do quarto.

E o bafio estala

a lareira das esferas

Capítulo 7 – Recursos Imagísticos e Outros

na sala de estar
da semente.

(Fabrício Carpinejar, "Adega do sono – poema 5")

escavo
uma casa
na rocha, onde
partiremos
o mesmo
fôlego verde
de quaresmeiras

(Ruy Vasconcelos, "Arqueologia dos Sítios Futuros", IV)

Eu diria ainda mais: que se trata de um *quase-abstracionismo poético*, já que nada nesses poemas faz sentido, literalmente falando. Observei que nas antologias de poetas contemporâneos (tidos como) significativos predomina esse novo estilo de época. Será isso que legaremos às gerações futuras? Quem viver, verá!

Metapoema — Poema em que o autor fala sobre seu próprio poema ou sobre o fazer poético em geral. Eis dois belos exemplos:

Para que serve um poema?
Por acaso abrirá cadeados?
Aquecerá nos dias frios?
Ou adoçará o amargo da boca
da febre de véspera?

(Conceição Albuquerque, "Para Que Serve um Poema"

Não posso dormir
Minha cabeça gira gira.
Pego uma, duas palavras
Descasco-as

64 Manual do Poeta

Espremo-as
Extraio sua essência.

(Lucia Aizim, "Metalinguagem II")

Oximoro – combinação de palavras contraditórias, constituindo um aparente absurdo: obscura claridade, doce tormento, grito do silêncio.

Amor é fogo que arde sem se ver,
É ferida que dói, e não se sente;
É um **contentamento descontente**,
É dor que desatina sem doer. (Luis Vaz de Camões)

Paradoxo – afirmação aparentemente contraditória, porém verdadeira: Sei que nada sei (Sócrates); Devagar se vai ao longe (ditado popular); Se queres a paz, prepara-te para a guerra (tradução do ditado latino *Se vis pacem, para bellum*).

Há metafísica bastante em não pensar em nada. (Alberto Caeiro, heterônimo de Fernando Pessoa, "O Guardador de Rebanhos", V).

Prosopopéia ou **personificação** - Consiste em dar vida a seres inanimados.

Os altos promontórios o choraram,
E dos rios as águas saudosas
Os semeados campos alagaram
Com lágrimas correndo piedosas. (Camões, *Os Lusíadas*)

Hão de chorar por ela os cinamomos,
Murchando as flores ao tombar do dia.
Dos laranjais hão de cair os pomos,
Lembrando-se daquela que os colhia. (Alphonsus de Guimaraens, "Hão de Chorar por Ela os Cinamomos")

Capítulo 7 – Recursos Imagísticos e Outros

Símile - Comparação explícita, ao contrário da metáfora, que é a comparação implícita. Por exemplo, "Seus olhos eram negros como jabuticabas" é símile, uma comparação explícita, mas "Seus olhos eram duas jabuticabas" é metáfora.

O símile foi um recurso muito usado pelos autores românticos. Vejamos alguns símiles na poesia de Castro Alves:

O globo de teu peito entre os arminhos
Como entre as névoas se balouça a lua...

Como um negro e sombrio firmamento
Sobre mim desenrola teu cabelo... ("Boa Noite")

'Stamos em pleno mar... Doudo no espaço
Brinca o luar — dourada borboleta;
E as vagas após ele correm... cansam
Como turba de infantes inquieta.

'Stamos em pleno mar... Do firmamento
Os astros saltam **como espumas de ouro...**

("O Navio Negreiro")

Capítulo 8
PROSA POÉTICA
VERSUS
POESIA PROSAICA

Dica: Prosa poética é bem-vinda, mas poesia prosaica pode ser uma praga.

Prosa poética (também chamada de **poesia em prosa**) é um texto em prosa, sem divisão em versos, mas com elementos rítmicos e sonoros próprios da poesia. Historicamente essa forma originou-se entre os simbolistas franceses.

Eis um bonito texto de Ana Lia Vianna Ambrosio, uma das melhores escritoras brasileiras de prosa poética da atualidade. Observe o engenhoso sistema de paralelismos nos inícios e finais dos parágrafos.*

Quando a noite vem — mais uma jornada que se foi, levando um pouco de mim e a eterna incerteza do amanhã. Respiro fundo, recuperando energia, brisa, ânimo, para um novo tempo. Namoro as primeiras estrelas a despontarem no mesmo céu de antes, tão exigente e mau, frente aos meus tímidos passos. Quando a tarde cai.

Quando vem a noite — relaxo ao som natural das enluaradas canções e causos, que espelham o itinerante caminho reinventado a cada momento. Retorno, alívio, à morada ilusória dos sonhos recuperados após imensas travessias: doloroso não possuir abrigo, acalanto, nem amigos. Quando cai a tarde.

Triste é viver na solidão...

Quando a noite vem — meus olhos palpitam incessantes, enternecem rasgos de generosidade bem como os de egoísmo. Salvos pelo valente príncipe que habita corações e cativeiros: vizinhos no paraíso? Nas verdes matas, nas profundezas dos arquipélagos, nas colisões do dia-a-dia. Quando a tarde cai.

Quando vem a noite — de mansinho recolho imponderáveis rastros espalhados por onde andei. Fagulhas perpetuam andanças e andanças: mergulhadas nos poemas a ti dedicados, reple-

---

* Texto inédito, gentilmente cedido pela autora. O *e-mail* de Ana Lia para informações sobre seus livros é analiavambrosio@hotmail.com.

Capítulo 8 – Prosa Poética *Versus* Poesia Prosaica   **69**

tos de rimas, mel, métricas. Certeiro o pêndulo, oscilando sob o marulho das tristes ondas, mas curioso no olhar. Meu. Quando cai a tarde.

Triste é viver na solidão...

E se a noite não vier? Falhar ao fim do derradeiro ato? Esperança, onde andarás? Nas asas de um fiel pássaro de fogo? Adormeço qual um anjo, aguardando... Quando a noite vem.

A prosa poética é bem vinda, mas a **poesia prosaica** (com algumas exceções) pode ser uma praga. O que é poesia prosaica? É o texto que se pretende poesia, tem cara de poesia, está dividido em versos, mas *carece do ritmo e da sonoridade da poesia* — em suma, soa como prosa. Querem um exemplo? Esta "Ode à Má Poesia" de Clara Sampaio que descobri na Internet:

Sinto decepcioná-los, leitores
mas a culpa não é toda minha.
Se escrevo mal, culpo a vida.
Que me fez de muita preguiça
e pouco jeito com poemas.

Tentei ser sensível,
atacar de boêmia,
condenar a sociedade hipócrita,
não deu.

Critiquei os políticos,
a atual conjuntura econômica,
os assaltos, a violência,
tampouco.

Meu Deus,será que sou mesmo tão ruim?
Faço Vinícius se revirar no túmulo,
Leminsky, Drummond, todo mundo,
gritarem de asco e pavor?

Ah, que gritem!
Desistir não vou!
Creio eu que de amador,
todo mundo tem um pouco.
(principalmente no começo)

Sirvo-me da licença poética pra justificar:
erros,
falta de criatividade
e pouco senso estético.

Má poetisa que sou,
enfiarei goela abaixo (dos amigos)
muitos clichês baratos
e outros tantos ditados gastos.

Não hesitarei em provê-los de histórias bregas
e rimas óbvias, como estas:

Para fechar com chave de ouro,

ode a ela que ao nascer do dia
me trouxe um tesouro que é a alegria!
Ode a tão-somente o que é belo
seja na forma do meu texto banguelo,
ou em forma de má poesia!

Por que escrevi "com algumas exceções"? Porque poetas modernistas, no afã de romper com as velhas formas, às vezes recorreram à poesia prosaica — mas com moderação. Todos tinham pleno domínio das técnicas poéticas, fato mais do que atestado pela vasta e genial obra, incluindo as formas tradicionais como sonetos. O famoso "No Meio do Caminho" do mestre Drummond não soa um pouco como prosa?

Nunca me esquecerei desse acontecimento
na vida de minhas retinas tão fatigadas.

Capítulo 8 – Prosa Poética *Versus* Poesia Prosaica

> Nunca me esquecerei que no meio do caminho
> tinha uma pedra
> Tinha uma pedra no meio do caminho
> no meio do caminho tinha uma pedra.

Manuel Bandeira, em seu "Nova Poética", interpõe, dentro do poema, um trecho prosaico. Mas este não é um poema qualquer; é praticamente um "manifesto" modernista. (O trecho prosaico está em negrito.)

> Vou lançar a teoria do poeta sórdido.
>
> Poeta sórdido:
> Aquele em cuja poesia há a marca suja da vida.
>
> Vai um sujeito,
>
> **Sai um sujeito com a roupa de brim branco muito bem engomada, e na primeira esquina passa um caminhão, salpica-lhe o paletó de uma nódoa de lama:**
>
> É a vida.
>
> O poema deve ser como a nódoa no brim:
> Fazer o leitor satisfeito de si dar o desespero.
>
> Sei que a poesia é também orvalho.
>
> Mas este fica para as menininhas, as estrelas alfas, as virgens cem por cento e as amadas que envelheceram sem maldade.

Capítulo 9

SONETO

Dica: Assim como um bom pintor abstrato precisa pelo menos uma vez na vida ter pintado um quadro figurativo, um bom poeta modernista/"muderno"/pós-moderno deve ao menos uma vez na vida compor um soneto.

O **soneto** é um poema de 14 versos, distribuídos em quatro estrofes, normalmente (mas não obrigatoriamente) decassílabos, e (com exceção de alguns sonetos modernistas) seguindo um esquema rímico rigoroso. No Brasil praticamos o **soneto italiano** ou **petrarquiano** (criado pelo poeta e humanista italiano Petrarca), composto de dois quartetos e dois tercetos. Na Inglaterra, consagrou-se uma variante, o chamado **soneto inglês** ou **shakespeariano** (criado por Shakespeare), constituído de três quartetos e um dístico (estrofe de dois versos) final. Pode terminar em **chave de ouro**, um verso final que dá um fechamento surpreendente, como no soneto "Vencedor" de Augusto dos Anjos:

> Toma as espadas rútilas, guerreiro,
> E à rutilância das espadas, toma
> A adaga de aço, o gládio de aço, e doma
> Meu coração — estranho carniceiro!
>
> Não podes?! Chama então presto o primeiro
> E o mais possante gladiador de Roma.
> E qual mais pronto, e qual mais presto assoma
> Nenhum pôde domar o prisioneiro.
>
> Meu coração triunfava nas arenas.
> Veio depois um domador de hienas
> E outro mais, e, por fim, veio um atleta,
>
> Vieram todos, por fim; ao todo, uns cem...
> E não pôde domá-lo, enfim, ninguém,
> **Que ninguém doma um coração de poeta!**

Segundo Glauco Mattoso, "o próprio conceito do soneto implica um paradoxo, pois, de um lado, a estrutura rígida cerceia a liberdade criativa

Capítulo 9 – Soneto

do poeta e, de outro lado, essa aparente camisa-de-força estimula a habilidade do sonetista e testa seu domínio vocabular".

Normalmente os versos do soneto são decassílabos, heróicos ou sáficos (ver Capítulo 4). Mas não se trata de uma regra absoluta: outros metros podem ser empregados. Os parnasianos cultivaram também o soneto alexandrino. É o caso do soneto "Só" de Olavo Bilac:

> Este, que um deus cruel arremessou à vida,
> Marcando-o com o sinal da sua maldição,
> — Este desabrochou como a erva má, nascida
> Apenas para aos pés ser calcada no chão.
>
> De motejo em motejo arrasta a alma ferida...
> Sem constância no amor, dentro do coração
> Sente, crespa, crescer a selva retorcida
> Dos pensamentos maus, filhos da solidão.
>
> Longos dias sem sol! noites de eterno luto!
> Alma cega, perdida à toa no caminho!
> Roto casco de nau, desprezado no mar!
>
> E, árvore, acabará sem nunca dar um fruto;
> E, homem há de morrer como viveu: sozinho!
> Sem ar! sem luz! sem Deus! sem fé! sem pão! sem lar!

Sonetos compostos de versos curtos são chamados de **sonetilhos**. O recorde de verso curto é de Eduardo Kac, autor do soneto fescenino "Someto", composto de monossílabos, que reproduzo aqui como uma curiosidade:[*]

> pika
> roxa
> kica
> coxa

---

[*] Obtive este "Someto" no Sonetário Brasileiro de Glauco Mattoso em http://paginas.terra.com.br/arte/PopBox/sonetario/sonetario.htm.

moça
zorra
poça
porra

coça
fica
roça

bica
grossa
pika

Em termos de esquema rímico, o cânone mais tradicional é o do **soneto camoniano**, que, além de versos decassílabos, utiliza rimas opostas nos dois quartetos (ABBA/ABBA) e rimas cruzadas nos tercetos (CDC/DCD). Observe que o soneto como um todo utiliza apenas quatro rimas diferentes, A, B, C e D, o que constitui um desafio para o sonetista. Um belo exemplo de soneto rigorosamente camoniano é o "Soneto À Lua" de Vinicius de Moraes (o que mostra que o "poetinha" na verdade era um "poetão"):

Por que tens, por que tens olhos escuros	**A**
E mãos lânguidas, loucas, e sem fim	**B**
Quem és, que és tu, não eu, e estás em mim	**B**
Impuro, como o bem que está nos puros?	**A**
Que paixão fez-te os lábios tão maduros	**A**
Num rosto como o teu criança assim	**B**
Quem te criou tão boa para o ruim	**B**
E tão fatal para os meus versos duros?	**A**
Fugaz, com que direito tens-me presa	**C**
A alma, que por ti soluça nua	**D**
E não és Tatiana e nem Teresa:	**C**
E és tão pouco a mulher que anda na rua	**D**

Vagabunda, patética e indefesa   **C**
Ó minha branca e pequenina lua!   **D**

Assim como o sonetista pode abandonar o decassílabo clássico e enveredar por novos caminhos métricos, também pode optar por esquemas rímicos alternativos. Por exemplo, nos quartetos, pode trocar as rimas opostas pelas cruzadas (ABAB) ou emparelhadas (AABB). Ou usar rimas diferentes nos dois quartetos (ABBA CDDC). Ou mudar o esquema rímico dos tercetos (para CDE CDE, por exemplo). Ou até compor um soneto sem rimas.

Capítulo 10

MINIMALISMO: HAICAI, POETRIX, TROVA

Dica: Assim como pelo menos uma vez na vida você deve tentar um soneto, uma experiência minimalista uma vez na vida tampouco fará mal.

Abordaremos agora os micropoemas, poemas minimalistas, que se valem do mínimo de recursos. Três gêneros de micropoemas se popularizaram entre nós: o haicai, o poetrix e a trova.

Haicai

O haicai (*haiku* em japonês) é um poema de forma fixa, com três versos com cinco, sete e cinco sílabas, sem rima como toda poesia japonesa. No *site* do Grêmio Sumaúma de Haicai (ver Apêndice C) lemos: "O haicai deve oferecer um momento de reflexão, de forma que cause no leitor uma sensação de descoberta. Esse momento está para o haicai assim como o *satori* está para o zen e o nirvana está para o budismo." Tradicionalmente o haicai também devia conter uma palavra que indicasse a estação do ano em que foi escrito.

Quem iniciou a prática do haicai no Brasil foi Afrânio Peixoto (1875-1947), que neste haicai recorre à imagem tradicional da poça d'água que reflete as coisas:

"Anch'io"

Na poça de lama
como no divino céu,
Também passa a lua.

Guilherme de Almeida (1890-1969) criou o haicai com rima entre o primeiro e terceiro verso e uma rima interna entre a segunda e a sétima sílaba do segundo verso, assim:

O Haikai

Lava, escorre, agita
A areia. E enfim, na batéia,
Fica uma pepita.

Capítulo 10 – Minimalismo: Haicai, Poetrix, Trova **81**

Com Paulo Leminski (1944-1989) o haicai brasileiro adquire uma forma mais livre e adota temas mais terra-a-terra, popularizando-se:

duas folhas na sandália

o outono

também quer andar

Millôr Fernandes dá ao haicai um toque de humor. Eis a versão de Millôr do tema clássico do reflexo na poça d'água:

Na poça da rua

O vira-lata

Lambe a lua

Na comunidade nipo-brasileira destaca-se o estudioso e haicaísta Masuda Goga, que respeita o esquema tradicional 5-7-5:

Em cima do túmulo,

cai uma folha após outra.

Lágrimas também...

Um haicai (obedecendo ao cânone tradicional) do poeta cearense Adriano Espínola:

Outono

Folhas. Ventania.

Cajus se despencam nus:

apodrece o dia.

Poetrix

O Poetrix (poe, de poesia, poema; trix, de três, terceto) é um movimento poético surgido no Brasil, em 1999, mas com pretensões internacionais e adeptos em outros países. Seu criador foi Goulart Gomes, autor do Manifesto Poetrix, incluído no livro *Trix – Poemetos Tropi-Kais*. Seu ponto de partida foi a constatação de que, assim como não se pode dizer que "suco de uva é vinho sem álcool", muita coisa que se dizia "haicai" na verdade não se enquadrava nos seus cânones. O poetrix surgiu

Manual do Poeta

como uma "evolução" do haicai. À semelhança do haicai, compõe-se de um terceto (estrofe de três versos), mas o tamanho dos versos é livre, conquanto o poema total não deva exceder trinta sílabas poéticas ("Não mais que trinta sílabas para dizer o máximo"). É obrigatório um título. Segundo o Primeiro Manifesto Poetrix, trata-se de uma "arte minimalista, ou seja, ele procura transmitir a mais completa mensagem com o menor número de palavras".

O Segundo Manifesto Poetrix exorta: "Vamos privilegiar a inteligência do leitor! Que ele morda, mastigue, engula e faça a digestão. Que se vire! Abaixo os derramamentos da poesia *fast-food*! Dizer muito, falando pouco. Concisão e coerência. Exploremos os significados polissêmicos das frases, a riqueza semântica das palavras, valorizemos as metáforas."

Vejamos alguns poetrix obtidos no *site* do Movimento Internacional Poetrix:

Outuno
(Relva do Egypto Rezende Silveira)

Começa o outono...
Folhas secas ao vento –
tapetes voadores

Rio
(Rodrigo Freese Gonzatto)

você chorando
e água
faltando no mundo

Night Business
(Eliana Mora - RJ)

Anoitece.
O ouro cai:
a prata se valoriza.

Capítulo 10 – Minimalismo: Haicai, Poetrix, Trova **83**

Esquentes
(Jussara Midlej)

um afago em dó
um beijo em lá
e me mudo pro sol...

Fugaz
(Tê Soares)

Cama desarrumada,
liberdade para as borboletas
estampadas nos lençóis...

Trova

A trova é uma quadra, com sentido completo e independente, composta de redondilhas maiores (em outras palavras, quatro versos de sete sílabas). Mas não são quatro versos quaisquer. A trova bem feita tem que ser um "achado": seu último verso deve conter uma conclusão que surpreenda o leitor. Por exemplo:

Meu barracão na favela,
onde vou vivendo ao léu,
na moldura da janela
não tem vidraça; - Tem céu! (José Antonio Jacob)

Observe que, na trova, só se usam iniciais maiúsculas no princípio das frases (e não no início de cada verso).

Ficou pronta a criação
sem um defeito sequer,
e atingiu a perfeição
quando Deus fez a mulher. (Eva Reis)

O movimento cultural do trovismo surgiu em meados do século XX. Em 18 de julho comemora-se o Dia do Poeta Trovador. A trova atual

84 Manual do Poeta

segue o esquema de rimas cruzadas (ABAB), embora trovas mais antigas também usassem outros esquemas. Trata-se de um gênero poético popular no Brasil, com muitos adeptos e concursos (existe até uma comunidade "Sou Trovador" no Orkut com mais de 150 membros).

Não há nada mais profundo,
mais belo e comovedor,
nem maior poder no mundo
que um simples gesto de amor. (Eno Teodoro Wanke)

No meu humilde viver
a solidão é tamanha
que só me falta perder
a sombra que me acompanha. (José Carlos de L.G.)

Capítulo 11

BALADA, ODE, ELEGIA

86 Manual do Poeta

Balada

Poema de origem francesa, formado de três oitavas ou três décimas, com as mesmas rimas e terminando pelo mesmo verso, seguidas de uma meia estrofe (quadra ou quintilha), dita oferta ou ofertório, na qual se repetem as rimas e o último verso das oitavas ou das décimas. (Obrigado, Aurélio!)

BALADA PARA ISABEL
Manuel Bandeira

Querem outros muito dinheiro;
Outros, muito amor; outros, mais
Precavidos, querem inteiro
Sossego, paz, dias iguais.
Mas eu, que sei que nesta vida
O que mais se mostra é ouropel,
Quero coisa muito escondida:
— O sorriso azul de Isabel.

Um mistério tão sorrateiro
Nunca o mundo não viu jamais.
Ah que sorriso! Verdadeiro
Céu na terra (o céu que sonhais...)
Por isso, em minha ingrata lida
De viver, é a sopa no mel
Se de súbito translucida
O sorriso azul de Isabel.

Quando rompe o sol, e fagueiro
O homem acorda, e em matinais
Hosanas louva o justiceiro
Deus de bondade — o que pensais
Que é a coisa mais apetecida

Do mau bardo de alma revel,
Envelhecida, envilecida?
— O sorriso azul de Isabel.

OFERTA

Não quero o sorriso de Armida:
O sorriso de Armida é fel
Junto ao desta Isabel querida.
— Quero é o teu sorriso, Isabel.

Vários poemas que se dizem "baladas" não seguem rigorosamente esse esquema: é o caso da "Balada da Moça do Miramar", de Vinicius de Moraes (Silêncio da madrugada / No Edifício Miramar... / Sentada em frente à janela / Nua, morta, deslumbrada / Uma moça mira o mar.), "Balada do Amor Através das Idades", de Carlos Drummond de Andrade ("Eu te gosto, você me gosta / desde tempos imemoriais. / Eu era grego, você troiana, / Troiana mas não Helena.) ou "Balada dos Casais" de Affonso Romano de Sant'Anna (Os casais são tão iguais, / que embora jurem um ao outro / amor eterno / sempre querem mais).

Ode

Entre os gregos, a ode era um poema destinado a ser cantado. Os romanos separaram a ode da música, e ela se tornou o que é até hoje: um poema lírico, composto de estrofes simétricas, "em que se exprimem, de modo ardente e vivo, os grandes sentimentos da alma humana" (Olavo Bilac e Guimaraens Passos, *Tratado de versificação*). É famosa a ode "Ao Dois de Julho", que Castro Alves recitou no Teatro São João, celebrando o dia da independência da Bahia, quando as tropas brasileiras reconquistaram Salvador, ocupada pelo exército português:

Era no Dois de Julho. A pugna imensa
Travara-se nos serros da Bahia...
O anjo da morte pálido cosia
Uma vasta mortalha em Pirajá.

Manual do Poeta

"Neste lençol tão largo, tão extenso,
"Como um pedaço roto do infinito...
O mundo perguntava erguendo um grito:
"Qual dos gigantes morto rolará?! ..."
[...]

Fernando Pessoa, sob o heterônimo Álvaro de Campos, compôs duas odes notáveis: "Ode Triunfal" (À dolorosa luz das grandes lâmpadas eléctricas da fábrica / Tenho febre e escrevo. / Escrevo rangendo os dentes, fera para a beleza disto, / Para a beleza disto totalmente desconhecida dos antigos.) e "Ode Marítima" (Sozinho, no cais deserto, a esta manhã de Verão, / Olho pro lado da barra, olho pro Indefinido).

Elegia

Na Antiguidade clássica, enquanto a **epopéia** se compunha de versos uniformes, a **elegia** alternava hexâmetros e pentâmetros.* No seu *Tratado de versificação*, Olavo Bilac e Guimaraens Passos contam que "elegias eram recitadas em publico, em banquetes, em geral pelos seus próprios autores, quase à maneira épica, não com acompanhamento de cítara ou de lira, mas de flauta, que era o instrumento ligado a esse gênero. Arquíloco de Paros era considerado como o inventor da elegia."

No sentido moderno, a elegia é um poema lírico de tom melancólico, exprimindo tristeza. Alexei Bueno considera o "Cântico do Calvário", composto por Fagundes Varela em memória de seu filho Emiliano, morto aos três meses de idade, "a maior elegia escrita em língua portuguesa":**

Eras na vida a pomba predileta

Que sobre um mar de angústias conduzia

O ramo da esperança. Eras a estrela

---

* A poesia greco-romana tinha como unidade métrica o pé, composto de duas ou mais sílabas. Pentâmetro era o verso de cinco pés, e hexâmetro, o verso de seis pés.

** Alexei Bueno, *Uma história da poesia brasileira*, livro imprescindível aos amantes da nossa poesia.

Capítulo 11 – Balada, Ode, Elegia

Que entre as névoas do inverno cintilava
Apontando o caminho ao pegureiro.

Eras a messe de um dourado estio.
Eras o idílio de um amor sublime.
Eras a glória, a inspiração, a pátria,
O porvir de teu pai! - Ah! no entanto,
Pomba, - varou-te a flecha do destino!

[...]

Capítulo 12

POESIA POPULAR: REPENTE E CORDEL

Dica: Vez ou outra, desça da torre de marfim e beba das águas da poesia popular.

A origem da poesia (e da literatura em geral) repousa na chamada tradição oral, o conjunto de narrativas, poemas, canções, mitos, dramas, rituais, fábulas, provérbios, adivinhas etc. transmitidos oralmente de uma geração para outra. Obras clássicas da literatura como os poemas épicos gregos *Ilíada* e *Odisséia*, as saborosas *Mil e uma noites*, os *Contos de Grimm* originaram-se clara e diretamente dessa tradição. A literatura de cordel nordestina também compartilha essa origem, tanto é que convive lado a lado (e às vezes se confunde com) a tradição dos cantadores repentistas, mestres do improviso. Diz José João dos Santos, o Mestre Azulão, em "O Que É Literatura de Cordel?":

O nordeste é o celeiro
Do cordel e do repente
Tem humorista e poeta
Do velho ao adolescente
O humor, a poesia
É a célula que se cria
No sangue daquela gente

O nome "literatura de cordel" vem de Portugal. Deve-se ao fato de os folhetos serem expostos, enfileirados, presos a um cordel ou barbante.

Em Portugal e Espanha
Seus poetas menestréis
Publicavam seus poemas
Com versos de quatro e dez*
Por folhas soltas chamadas
E expunham penduradas
Em cordinhas e cordéis

(Mestre Azulão, "O Que É Literatura de Cordel?")

---

* Estrofes de dez versos de quatro sílabas.

Capítulo 12 – Poesia Popular: Repente e Cordel   **93**

No Nordeste, os folhetos/romances/histórias costumam ser recitados nas feiras, aos domingos, pelos cantadores. Um detalhe técnico: os folhetos têm 8 páginas, os romances, 16 ou 24, e as histórias, 32 — sempre múltiplos de oito por causa dos cadernos. As capas são ilustradas por xilogravuras.

Se encontra nas cidades
Sertanejas e brejeiras
Folheteiros, cantadores,
Cantando noites inteiras
Seus romances decorados
Que são lidos e comprados
Aos cantadores das feiras (*Idem*)

Se bem que seus praticantes sejam homens do povo, sem instrução formal (daí alguns erros de sintaxe ou grafia nos cordéis, mas que em nada os desdouram), a literatura de cordel — e a poesia popular nordestina em geral — obedecem a uma métrica, rimas e estrofação rigorosas. Eu diria que o repente está para a poesia como o *jazz*, para a música. Aliás, há algo de extraordinário, de misterioso no poder de improviso dos repentistas — tão misterioso como o poder de algumas mentes brilhantes de fazer cálculos complexos de cabeça. Talvez em sua arte resida uma das chaves para a compreensão da capacidade lingüística do ser humano.

As modalidades de poesia popular (repente e cordel) mais comuns são a **parcela, sextilha, septilha, oitava (oito pés de quadrão), décima, martelo agalopado, galope à beira-mar**. Vejamos uma por uma.

Parcela: décima com versos de quatro ou cinco sílabas, também conhecida como "décima de versos curtos". Comum nas pelejas ou desafios, cantorias em duelo de ritmo acelerado, cada contendor tentando confundir seu oponente. A "Peleja do Cego Aderaldo com Zé Pretinho dos Tucuns", de autoria do "Cego Aderaldo, aliás, Firmino Teixeira do Amaral" contém parcelas de cinco sílabas:

CEGO:

Se eu der um tapa
No negro de fama,
Ele come lama,
Dizendo que é papa!
Eu rompo-lhe o mapa,
Lhe rompo de espora;
O negro hoje chora,
Com febre e com íngua —
Eu deixo-lhe a língua
Com um palmo de fora!

PRETINHO:

No sertão, peguei
Cego malcriado —
Danei-lhe o machado,
Caiu, eu sangrei!
O couro eu tirei
Em regra de escala:
Espichei na sala,
Puxei para um beco
E, depois de seco,
Fiz mais de uma mala!

Sextilha (verso de seis pés): estrofe de seis versos de sete sílabas (redondilhas maiores), com os versos pares (2º, 4º e 6º) rimando entre si. Comum nas cantorias e no cordel. A clássica história "O Romance do Pavão Misterioso" de José Camelo de Melo Rezende foi escrita em sextilhas:

Capítulo 12 – Poesia Popular: Repente e Cordel

E a gaita do pavão
Tocando uma rouca voz
O monstro de olho de fogo
Projetando os seus faróis
O conde mandando pragas
Disse a moça: - É contra nós.

Os soldados da patrulha
Estavam de prontidão
Um disse: - Vem ver fulano
Aí vai passando um pavão
O monstro fez uma curva
Para tomar direção.

Então dizia um soldado
- Orgulho é uma ilusão
um pai governa uma filha
mas não manda no coração
pois agora a condessinha
vai fugindo no pavão.

Septilha (verso de sete pés): estrofe de sete redondilhas maiores, com rimas entre o 2º, 4º e 7º verso (negrito no exemplo abaixo) e entre o 5º e 6º (itálico). O primeiro e terceiro verso ficam órfãos. Muito usada pelos cordelistas. O tradicional folheto "A Chegada de Lampião no Inferno", de José Pacheco da Rocha, foi escrito em septilhas:

1 O vigia disse assim:

2 Fique fora que eu **entro**

3 Vou conversar com o chefe

4 No gabinete do **centro**

5 Por certo ele não lhe *quer*

6 Mas conforme o que *disser*

96 Manual do Poeta

7 Eu levo o senhor pra **dentro**.

Lampião disse: — Vá logo
Quem conversa perde hora
Vá depressa e volte já
Eu quero pouca demora
Se não me derem ingresso
Eu viro tudo "asavesso"
Toco fogo e vou embora.

O vigia foi e disse
A Satanás no salão:
— Saiba Vossa Senhoria
Que aí chegou Lampião,
Dizendo que quer entrar
E eu vim lhe perguntar
Se dou ingresso ou não?

— Não senhor, Satanás disse,
Vá dizer que vá embora
Só me chega gente ruim?
Eu ando muito caipora
Estou até com vontade
De botar mais da metade
Dos que têm aqui pra fora.

Oitava (**oito pés a quadrão, oito pés de quadrão** ou **oito pés em quadrão**): estrofe de oito redondilhas maiores, seguindo o esquema rímico AAABBCCB (portanto nenhum verso órfão) e se encerrando com o estribilho "oito pés a/de/em quadrão" (ou variante). Modalidade própria das cantorias, não do cordel. Eis um desafio entre Zé Limeira, o Poeta do Absurdo, e Anastácio Mendes Dantas:

Capítulo 12 – Poesia Popular: Repente e Cordel

ANASTÁCIO:*

Eu sou um cantador novo	A
Que agrada bem ao povo.	A
Com saudades me comovo,	A
Sinto mesmo uma aflição.	B
A flor que rola no chão	B
Deixa o aroma somente,	C
Na hora do sol poente,	C
Lá vão meus oito a quadrão.	B

[...]

LIMEIRA:

Sou um nego do cangaço,
Brigo de perna e de braço,
Com a ingrizia que eu faço
Assombro qualquer cristão...
Eu vou canta no Japão
Lá dos Estados Unidos,
Dá quarenta e três gemidos
Nos oito pés a quadrão.

Décima: estrofe de dez redondilhas maiores, geralmente no esquema rímico ABBAACCDDC. Empregada na glosa de motes, nos desafios e, com menos freqüência, no cordel. Vejamos como Anastácio e Zé Limeira glosam o mote "Viva a moça mais bonita" numa cantoria (os motes são propostos pelo público da cantoria):

---

* Este desafio, bem como o mote e glosas a seguir, foram obtidos no excelente *site* de cultura popular brasileira Jangada Brasil.

98 Manual do Poeta

Anastácio:

Amigos, no meu sertão	A
É onde existe menina	B
Mais bela que a bonina	B
Do jardim do coração,	A
Nas festas da apartação,	A
Quando o vaqueiro se agita.	C
Derruba o boi e faz fita	C
Por causa duma donzela	D
E grita, olhando pra ela:	D
Viva a moça mais bonita.	C

Limeira:

Já namorei uma Rosa
Que era nega cangaceira,
Gostava de fazê feira,
Tinha uma boca mimosa
Mais, por modo dessa prosa,
Escrevi pra Santa Rita...
Ronca o pombo na guarita,
Passa um porco no chiqueiro,
Diz o bode do terreiro:
Viva a moça mais bonita.

Martelo agalopado: estrofe de dez decassílabos com o mesmo esquema rímico da décima clássica (ABBAACCDDC). Os decassílabos do martelo agalopado são uma variante do heróico (que, como vimos, tem acentos obrigatórios na 6ª e 10ª sílaba: Por **ma**res nunca **dan**tes navega-dos), só que o acento adicional, em vez de estar na 2ª sílaba, como no decassílabo heróico puro, desloca-se para a 3ª, dando ao verso um ritmo de galope. O martelo nada tem a ver com marteladas: deve-se ao francês Jaime Pedro Martelo (1665-1727). Usado nos desafios.

Capítulo 12 – Poesia Popular: Repente e Cordel

A faixa 7 do belo CD *Sinfonia da natureza* dos repentistas Miguel Bezerra e Natã Soares, intitulada "O Brasil e os Marajás", constitui um martelo agalopado:

Quanto **mais** o **pobre*** fica ca**ren**te	A
Mais o **rico** se **tor**na abe**lhu**do	B
Cria **lei** mete **bron**ca compra **tu**do	B
Cada **frau**de que **faz** o país **sen**te	A
Sena**dor**, tesou**rei**ro, presi**den**te	A
Tão a**ca**bando **com** a nossa **paz**	C
Enquan**to** eles **ga**nham bem de**mais**	C
Quem tra**ba**lha só **ga**nha mi**xa**ria	D
O Bra**sil** poderá crescer um **dia**	D
Se aca**ba**rem de **vez** com os mara**jás**	C

Galope à beira-mar: estrofe de dez hendecassílabos (verso de onze sílabas, uma a mais que no martelo agalopado) com o mesmo esquema rímico da décima e do martelo agalopado (ABBAACCDDC). A estrofe termina com um estribilho cuja palavra final é "mar" (normalmente, "cantando galope na beira do mar" ou variante). Modalidade própria das cantorias, não do cordel.

O pernambucano Dimas Batista (1921-1986), repentista, historiador, geógrafo e poliglota, cantando certa vez no Teatro Santa Isabel, em Recife, improvisou este galope à beira-mar:

Eu cantando a Galope ninguém me humilha,	A
Tudo que existe no mar eu aproveito,	B
Na ilha, no cabo, península, estreito,	B
Estreito, península, no cabo, na ilha,	A
Em navio, em proa, em bússola e milha!	A

---

* Posto que "pobre" seja palavra paroxítona, o acento aqui incide no "bre", adaptando-se ao ritmo do martelo agalopado. Fenômeno análogo ocorre na canção infantil "Atirei o Pau No Gato", quando cantamos "duberrô", em vez de "do berro", já que o ritmo da canção exige acentos na 3ª, 5ª e 7ª sílabas: A**ti**rei o **pau** no **ga**to / Mas o **ga**to **não** mo**rreu** [...] Do **be**rro (pronuncia-se: duberrô) que o **ga**to **deu**.

Medindo a distância para viajar,   C
Não quero, da rota, jamais me afastar,   C
Porque me afastando o destino sai torto; D
Confio em Deus avistar o meu porto,   D
Cantando Galope na beira do mar!   C

APÊNDICE A: O SONETO MAIS BONITO DA LÍNGUA PORTUGUESA

A língua portuguesa teve e tem grandes sonetistas, entre eles Camões, Cruz e Souza, Augusto dos Anjos, Vinícius de Moraes. Escolher o soneto mais bonito da língua portuguesa é como escolher o melhor filme de todos os tempos: uns acham que foi *Tempos modernos*, outros elegem *Cidadão Kane*, ainda outros, *Um corpo que cai* (*Vertigo*)... A meu ver, o soneto mais pungente, tocante, lírico da língua portuguesa... não, não é "A Carolina", do Machado — "A Carolina" vem em segundo lugar. O soneto mais bonito (na minha mui humilde opinião, mas vocês podem discordar, que gosto não se discute) é "Hão de Chorar por Ela os Cinamomos...", de Alphonsus de Guimaraens.

O soneto foi inspirado por Constança, prima e noiva de Alphonsus. Constancinha morreu precocemente aos dezessete anos, vítima de tuberculose. Mais tarde, Alphonsus acabaria se casando com Zenaide.

HÃO DE CHORAR POR ELA OS CINAMOMOS...

Hão de chorar por ela os cinamomos,
Murchando as flores ao tombar do dia.
Dos laranjais hão de cair os pomos,
Lembrando-se daquela que os colhia.

As estrelas dirão – "Ai! nada somos,
Pois ela se morreu silente e fria..."
E pondo os olhos nela como pomos,
Hão de chorar a irmã que lhes sorria.

A lua, que lhe foi mãe carinhosa,
Que a viu nascer e amar, há de envolvê-la
Entre lírios e pétalas de rosa.

Os meus sonhos de amor serão defuntos...
E os arcanjos dirão no azul ao vê-la,
Pensando em mim: – "Por que não vieram juntos?"

APÊNDICE B: O QUE O POETA É

Ninguém melhor que os próprios poetas para definirem o que o poeta é:

ALGUMAS COISAS QUE O POETA É

Jamil Damous (do livro *A camisa no varal*)

O poeta é um gavião
espreitando a beleza,
sua presa, seu pão
de cada dia.

O poeta é um avião
sobrevoando
sem mapa
a mata espessa,
a solidão.

O poeta é um peão
construindo sozinho
o edifício do sim
só com os tijolos do não.

O poeta é um cão
rondando a mesa do difícil,
os restos do fácil,
o osso do seu ofício.

MÁGICO

Vera Tavares (do livro *Camarim do tempo*)

Alma diferente a do poeta
— caminha, passa, vaga, divaga,
esmiúça, desdobra, põe, dispõe,
acerta, desacerta, compõe.

Faz um burro de barro falar,
faz um cesto de palha cantar
e de um cântaro vazio
uma fonte luminosa jorrar.

O mar faz sorrir, chorar
e sobre o rio que passa
ora em ritmo dolente
ora em rebojos crescentes
arquiteta uma ponte.

As nuvens — figuras bizarras e andarilhas
ele as transforma em exímias dançarinas
e são doces como um torrão de açúcar.

Do céu faz cair filigranas de ouro —
chuva que pouco a pouco
penetra o coração de cada homem,
apaga qualquer sinal de treva.
E sua alma aos céus eleva.

Apêndice B

POETAS

HFroidi (da revista *não funciona* nº 10)

Poetas não nascem em Belém
Poetas não são homens de bem
Poetas não dizem ao que vêm
Poetas não são business men

Poetas não vivem de salários
Poetas jamais são necessários
Poetas na roda dos contrários
Agora são bons publicitários

Poetas não têm objetivos
Não são economicamente ativos
Poetas são enterrados vivos
Em sepulturas de livros

VATE EM TRANSE

Cairo Trindade (da revista *não funciona* nº 10)

poema só se faz poesia
se emitir mensagem
se tiver magia
se for viagem

(o poema não é um monte
de palavras vomitadas:
é um vírus visceral
revolucionário)

e um poeta só será poeta
se for fundo, inteiro, intenso
e viver sempre entre
a vertigem e a voragem

AUTOPSICOGRAFIA

Fernando Pessoa

O poeta é um fingidor.
Finge tão completamente
Que chega a fingir que é dor
A dor que deveras sente.

E os que lêem o que escreve,
Na dor lida sentem bem,
Não as duas que ele teve,
Mas só a que eles não têm.

E assim nas calhas de roda
Gira, a entreter a razão,
Esse comboio de corda
Que se chama coração.

APÊNDICE C: *SITES* DE POÉTICA & POESIA

ACADEMIA BRASILEIRA DE LITERATURA DE CORDEL (www.ablc.com.br) - Tudo sobre literatura de cordel: história, métricas, cordelistas, gravuristas etc.

DICIONÁRIO DE RIMAS (http://rimas.mmacedo.net/) – Versão *on-line* do *Dicionário de rimas da língua portuguesa - Brasil* de Marcelo da Silva Macedo.

FALANDO DE TROVA (www.falandodetrova.com.br/2008/) – Portal dedicado ao trovismo.

GUIA DE POESIA (www.sobresites.com/poesia/) – Guia superdetalhado, editado por Luiz Alberto Machado, de portais, *sites*, *blogs* e revistas eletrônicas de poesia, além de conter resenhas de livros, entrevistas e artigos.

JORNAL DE POESIA (www.jornaldepoesia.jor.br) – Editado por Soares Feitosa, possivelmente o maior repositório de poesia em língua portuguesa da Internet (só de poetas começando com a letra A são 503 e com Z, 24 – o resto você pode contar!).

108 Manual do Poeta

POESIA.NET (www.algumapoesia.com.br/poesia.htm) – Excelente boletim semanal, sempre abordando um poeta diferente. Você pode também se cadastrar para receber o boletim por *e-mail*.

POETRIX (www.movimentopoetrix.com/) – *Site* oficial do Movimento Internacional Poetrix.

SONETÁRIO BRASILEIRO (http://paginas.terra.com.br/arte/Pop-Box/sonetario/sonetario.htm) – *Site* do poeta Glauco Mattoso contendo tudo, mas tudo mesmo, sobre sonetos.

SUMAÚMA HAICAI (www.sumauma.net/) – *Site* do Grêmio Sumaúma de Haicai, com informações preciosas sobre essa modalidade poética.

A todos que leram e apreciaram este livro meu muito obrigado. E sejam bem-vindos ao meu *blog* Sopa No Mel (sopanomel.blogspot.com).

GLOSSÁRIO

Aférese (2)* - Supressão de sons no início da palavra.

Aliteração (5) - Repetição da consoante inicial em palavras adjacentes ou próximas.

Anadiplose (6) - Repetição da última palavra de um verso no início do verso seguinte.

Anáfora (6) - Repetição de uma ou mais palavras no inicio de versos.

Anástrofe (6) - Inversão moderada da ordem "normal" dos elementos da frase.

Antítese (7) - Contraposição de palavras ou idéias opostas.

Apócope (2) - Supressão de sons no fim da palavra.

Assonância ou **vocalização** (5) - Repetição de sons vocálicos.

Balada (11) - Poema formado de três oitavas ou três décimas, com as mesmas rimas e terminando pelo mesmo verso, seguidas de uma meia

---

* Entre parênteses, o capítulo onde o conceito é abordado.

110   Manual do Poeta

estrofe, dita oferta ou ofertório, na qual se repetem as rimas e o último verso das oitavas ou das décimas.

Cesura (4) - "Corte" que divide o dodecassílabo alexandrino em dois hexassílabos, os hemistíquios.

Chave de ouro (9) - Verso final que dá um fechamento surpreendente ao soneto.

Coliteração (5) - Repetição de consoante (não necessariamente inicial) em palavras adjacentes ou próximas.

Crase (2) - Junção de duas vogais iguais.

Decassílabo (2) – Verso com dez sílabas poéticas.

Décima (1) – Estrofe com dez versos. Na poesia popular nordestina (12), estrofe de dez redondilhas maiores, geralmente no esquema rímico ABBAACCDDC.

Diérese (2) - Transformação de ditongo em hiato.

Dissílabo (2) – Verso com duas sílabas poéticas.

Dístico (1) – Estrofe com dois versos.

Dodecassílabo (2) – Verso com doze sílabas poéticas.

Ectlipse (2) - Elisão do som nasal final quando a palavra seguinte começa com vogal.

Elegia (11) - Poema lírico de tom melancólico, exprimindo tristeza.

Elisão (2) - Junção de vogais, em que uma deixa de ser pronunciada.

Glossário

Eneassílabo (2) – Verso com nove sílabas poéticas.

Enjambement (**cavalgamento, encadeamento**) (6) - Separação de duas palavras estreitamente unidas no plano lógico.

Enumeração (7) - Lista de elementos separados por vírgulas.

Epístrofe (6) – Repetição da mesma palavra no fim de versos.

Epizeuxe (6) – Repetição seguida da mesma palavra.

Estrofe (1) - Agrupamento de versos.

Galope à beira-mar (12) - Estrofe de dez hendecassílabos, com o mesmo esquema rímico do martelo agalopado (ABBAACCDDC), terminando com um estribilho cuja palavra final é "mar".

Gradação (7) - Apresentação das idéias em progressão ascendente ou descendente.

Haicai (10) - Poema de forma fixa, com três versos de cinco, sete e cinco sílabas, sem rima.

Harmonia imitativa (7) - Harmonia entre a sonoridade do texto e o que está sendo descrito.

Hemistíquios (4) - Dois hexassílabos em que se divide o dodecassílabo alexandrino.

Hendecassílabo (2) – Verso com onze sílabas poéticas.

Heptassílabo ou **redondilha maior** (2) – Verso com sete sílabas poéticas.

Hexassílabo (2) – Verso com seis sílabas poéticas.

112 Manual do Poeta

Hipérbato (6) - Inversão acentuada da ordem "normal" dos elementos da frase.

Inversão (anástrofe, hipérbato e sínquise) (6) - Inversão da ordem "normal" dos elementos da frase.

Martelo agalopado (12) - Estrofe de dez decassílabos com o mesmo esquema rímico da décima clássica (ABBAACCDDC) e acentos na 3ª, 6ª e 10ª sílaba.

Metáfora (7) - Emprego das palavras no sentido não-literal, figurado.

Metapoema (7) — Poema em que o autor fala sobre seu próprio poema ou sobre o fazer poético em geral.

Monossílabo (2) – Verso com uma sílaba poética.

Monóstico (1) – Estrofe com um verso.

Nona (1) – Estrofe com nove versos.

Números distributivos (4) - Correspondem às sílabas acentuadas (também chamadas de sílabas tônicas, acentos tônicos, acentos ou ictos) do verso.

Números representativos (4) - Correspondem aos intervalos entre os ictos.

Octossílabo (2) – Verso com oito sílabas poéticas.

Ode (11) - Poema lírico, composto de estrofes simétricas, "em que se exprimem, de modo ardente e vivo, os grandes sentimentos da alma humana".

Oitava (1) – estrofe com oito versos.

Glossário 113

Oito pés a quadrão, oito pés de quadrão ou **oito pés em quadrão** (12) - Estrofe de oito redondilhas maiores, seguindo o esquema rímico AA-ABBCCB e terminando com o estribilho "oito pés a/de/em quadrão" ou variante.

Oximoro (7) – Combinação de palavras contraditórias, constituindo um aparente absurdo.

Paradoxo (7) – Afirmação aparentemente contraditória, porém verdadeira.

Paralelismo (6) – Repetição do verso inteiro ou da sua estrutura sintática.

Parcela (12) - Décima com versos de quatro ou cinco sílabas, comum nas pelejas ou desafios entre repentistas.

Pentassílabo ou **redondilha menor** (2) – Verso com cinco sílabas poéticas.

Poema (1) - Composição poética específica.

Poesia (1) - Arte poética em geral; arte poética de determinado poeta, povo, época.

Poetrix (10) - Micropoema composto de um terceto, com versos de tamanho livre, conquanto o poema total não deva exceder trinta sílabas poéticas.

Polissíndeto (6) - Repetição reiterada da conjunção.

Prosopopéia ou **personificação** (7) - Dar vida a seres inanimados.

Quadra (quarteto) (1) – Estrofe com quatro versos.

114 Manual do Poeta

Quintilha (quinteto) (1) – Estrofe com cinco versos.

Redondilha maior (2) - Verso heptassílabo.

Redondilha menor (2) - Verso pentassílabo.

Rima (3) - Identidade ou semelhança de sons.

Rimas agudas ou **masculinas** (3) - Rimas entre palavras oxítonas ou monossílabos tônicos.

Rimas alternadas, cruzadas ou **entrelaçadas** (3) - Rimas em versos alternados (ABAB).

Rimas consoantes (3) - Todos os sons, a partir da vogal ou ditongo da sílaba tônica, coincidem.

Rimas encadeadas (3) - Rimas entre a palavra final de um verso e uma palavra entre o início e o meio do verso seguinte.

Rimas esdrúxulas (3) - Rimas entre palavras proparoxítonas.

Rimas graves ou **femininas** (3) - Rimas entre palavras paroxítonas.

Rimas incompletas (3) - A coincidência de sons vocálicos não é completa.

Rimas internas (3) - Rimas dentro do verso.

Rimas misturadas ou **esparsas** (3) - Rimas que não obedecem a um esquema determinado.

Rimas opostas, intercaladas ou **interpoladas** (3) - O primeiro verso rima com o quarto e os dois versos do meio rimam entre si (ABBA).

Glossário **115**

Rimas paralelas ou **emparelhadas** (3) - Rimas entre pares de versos (AABB).

Rimas pobres (3) - Rimas entre palavras com terminações muito comuns.

Rimas raras ou **preciosas** (3) - Rimas muito originais.

Rimas ricas (3) - Rimas entre palavras com terminações menos freqüentes.

Rimas toantes (3) - Só as vogais, a partir da sílaba tônica, coincidem.

Ritmo (4) - O que dá ritmo ao poema são as *sílabas acentuadas* ou *ictos*.

Septilha (**septena, setilha**) (1) – Estrofe com sete versos. Na poesia popular nordestina (12), estrofe de sete redondilhas maiores, com rimas entre o 2º, 4º e 7º verso e entre o 5º e 6º.

Sextilha (1) – Estrofe com seis versos. Na poesia popular nordestina (12), estrofe de seis redondilhas maiores, com os versos pares rimando entre si.

Sinalefa (2) - Junção de vogais diferentes.

Síncope (2) - Supressão de sons no meio da palavra.

Sinérese (2) - Transformação de um hiato num ditongo.

Sínquise (6) - Inversão exagerada da ordem "normal" dos elementos da frase.

Sonetilho (9) - Soneto composto de versos curtos.

116 Manual do Poeta

Soneto (9) - Poema de quatorze versos, distribuídos em quatro estrofes, normalmente (mas não obrigatoriamente) decassílabos.

Soneto camoniano (9) - Além de versos decassílabos, utiliza rimas opostas nos dois quartetos (ABBA/ABBA) e rimas cruzadas nos tercetos (CDC/DCD).

Soneto inglês ou **shakespeariano** (9) - Constituído de três quartetos e um dístico final.

Soneto italiano ou **petrarquiano** (9) - Composto de dois quartetos e dois tercetos.

Terceto (1) – Estrofe com três versos.

Tetrassílabo (2) – Verso com quatro sílabas poéticas.

Trímetro peônico (4) - Verso dodecassílabo acentuado na 4ª, 8ª e 12ª sílaba.

Trissílabo (2) – Verso com três sílabas poéticas.

Trova (10) - Quadra, com sentido completo e independente, composta de redondilhas maiores.

Verso (1) - Cada linha do poema.

Verso agudo (2) - Verso terminado em oxítono ou monossílabo tônico.

Verso bárbaro (2) - Verso com mais de doze sílabas poéticas.

Verso decassílabo heróico (4) - Verso de dez sílabas com acentos obrigatórios nas posições 6 e 10. O **heróico puro** possui um acento adicional na posição 2 e o **heróico impuro**, na posição 4.

Glossário

Verso decassílabo sáfico (4) - Verso de dez sílabas com acentos obrigatórios nas posições 4, 8 e 10.

Verso dodecassílabo alexandrino (4) - Verso de doze sílabas poéticas com acentos obrigatórios nas posições 6 e 12.

Verso esdrúxulo (2) - Verso terminado em proparoxítono.

Verso grave ou **inteiro** (2) - verso terminado em paroxítono.

Verso livre (2) - Verso sem rima nem regularidade métrica.

Versos brancos (3) - Versos sem rima.

Zeugma (6) - Omissão de uma palavra que já apareceu antes.

Zeugma retórica (6) - Zeugma empregada com fins estilísticos.

Anotações

Impressão e acabamento
Gráfica da Editora Ciência Moderna Ltda.
Tel: (21) 2201-6662